나에게도
빵빵한 하루가
필요해!

개띠랑 이다솜 두루 지음

개띠랑

프롤로그

〈나에게도 빵빵한 하루가 필요해〉는 개띠랑 유니버스가 진행하고 있는 팟캐스트 방송입니다. 처음 팀이 결성되었을 때부터 우리가 할 수 있는 이야기가 무엇이 있을까 고민했어요. 그러다가 우리는 모두가 잘 살아가고 싶다는 마음을 가지고 있다는 것을 발견했어요. 2023년 3월부터 시작하게 된 이 콘텐츠는 지금까지 꾸준하게 하고 있는 개띠랑 유니버스의 대표 콘텐츠로 자리 잡게 되었답니다.

빵을 좋아해서 빵 이야기를 하며 나의 취향을 찾아가는 개띠랑

감정을 통해 세상을 알아가고 나를 이해하는 다솜

마음속 이야기를 꺼내어 나와 독자를 위로하는 두루

세 명의 잘 살아가고 싶은 사람에 대한 이야기가 궁금하시다면,

혹 이 글을 읽고 있는 당신도 잘 살아가고 싶다면,

개띠랑 유니버스의 도서 〈나에게도 빵빵한 하루가 필요해〉와

함께 나의 하루도 한번 생각해 보면 어떨까요?

등장인물

개띠랑

빵을 좋아해 빵 이야기를 하며
나의 취향을 찾아갑니다.

많은 하루를 보내다 보면 늘 빵빵한 하루만 있지는 않지요. 하지만 오늘 하루 안에서 아주 작더라도 빵빵했던 시간을 생각하면 그래도 오늘 하루 잘 살았다고 느끼게 됩니다. 저는 빵을 좋아하다 보니 빵이 있는 곳이라면 어디든 떠나 먹게 되는데 그중에서 맛있는 빵을 만났을 때 오늘 하루가 빵빵하다고 느껴집니다. 그래서 그 빵과의 만남이 그날 하루 동안 가장 기억에 남는 순간이 되기도 하고요.

빵빵 초대석
개띠랑 편

단순히 빵을 먹는 것뿐만 아니라 먹으면서 빵을 통해 몰랐던 나를 발견할 때가 있어요. 전국으로 빵 탐방하며 맛뿐만 아니라 그 속에서 벌어진, 그리고 제가 느낀 여러 이야기를 기록해 보려고 합니다. 이전에는 백 군데 빵집 기행이라는 '백빵기행'으로 나의 '여행기'를 기록했었다면 더 나아가 빵을 통해 생각해 보는 '나'를 기록해 보려고 합니다.

여러분들은 어떤 빵으로 어떤 빵빵함을 채우시나요?

이다솜

감정을 통해 세상을 알아가고
나를 이해합니다.

매일 감정을 느끼고 나만의 방식으로 기록하고 있습니다.

세상의 모든 감정 기록을 꿈꾸며 나 자신을 있는 그대로 보려고

합니다. 나에게도 필요한 '빵빵한 하루'는 모든 감정을 느끼면서

채워갑니다.

앞으로 들려드릴 이야기에서는 다양한 감정을 느끼며 살아가는

하루를 만날 수 있습니다. 시간마다 느끼는 마음을 정리하니 이

또한 색다르고 신기한 경험이더라고요. 빵빵한 하루를 만들어

보려고 생각보다 더 촘촘히 살아가고 있다는 것을 알게 되었어

빵빵 초대석
다솜 편

요. 어떤 이야기들이 담겨 있을지 궁금하시죠? 저의 하루를 만나 보면서 각자 내 하루는 어떤 감정들과 함께하고 있는지 생각해 보셔도 좋을 것 같아요.

그렇게 만난 모든 감정은 모두 빵빵한 하루를 이루는 데 아주 중요하게 자리하고 있더라고요. [나에게도 필요한 빵빵한 하루]와 함께 언제나 유쾌하게 살아가고 싶습니다.

두루

마음 속 이야기를 꺼내어
나와 독자를 위로합니다.

하루를 촘촘하게 살아낼 수 있다면 얼마나 좋을까. 한순간도 그저 흘려보내지 않고 모든 오늘의 모습을 남긴다면 나는 조금 더 나은 사람이 될 수 있을까.

한 때에 했던 생각입니다. 완벽할 수 없음을 받아들이지 못하고 방법도 모르면서 완벽을 추구하던 시절에는 막연히 그럴 수 있을 거라고 생각했던 것 같습니다. 그러나 이제는 잘 알아요. 절대 완벽한 하루는 존재할 수 없다는 것을요.

빵빵 초대석
두루 편

그렇기에 이제는 매 순간을 더욱 충실히 살아내려고 합니다. 지나가면 다시는 돌아오지 않을 지금, 휘발되어 사라질지도 모를 바로 이 순간을 오롯이 만끽하고 싶은 마음입니다.

제게는 이것이 빵빵하게 하루를 보내는 방법입니다. 차분하게 기록한 나의 어느 날이 이 글을 읽는 당신에게 어떤 이야기를 들려줄 수 있을지 궁금해집니다.

제 하루를 천천히 살펴봐 주세요.

더 듣고 싶다면?

개띠랑   매일의 일상이 평범한 하루 같고, 늘 먹는 빵 같지만

        이렇게 모두와 같이 나누면 특별한 하루가 되고

        특별한 빵이 됩니다. 어떤 시간이든 언제나

        만나고 싶은 〈나에게도 빵빵한 하루가 필요해!〉

        시작하겠습니다.

다솜   오늘은 빵빵한 하루에 대해 여러 이야기를

        나눠보려고 해요.

두루   어떤 하루를 살고 있을지, 그 하루엔 어떤 이야기가

        담겨 있을지 너무 궁금한데요! 한번 이야기

        나눠보겠습니다.

더 듣고 싶다면?

오전

개띠랑   빵빵한 하루를 보내기 위해서는 좋은 아침을

맞이하는 것이 중요하다고 생각하는데요.

본격적으로 하루를 시작해 봅니다.

저의 아침엔 이런 이야기들이 담겨있어요.

한 번 들려드릴게요.

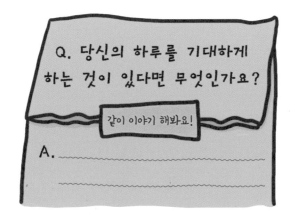

[기상 및 아침 식사]

이른 아침에 일어나는 것이 쉽지는 않지만, 일찍부터 할 일을 하나씩 하나씩 해야겠다고 생각해서 요즘엔 일찍 자고 아침에 일찍 일어나려고 한다. 최근 들어 발견한 나에 관한 사실 하나는, 밤늦게까지 일하는 것보다 아침에 집중하는 게 더 효율이 높다는 것이다. 그래서 일찍 일어나기 위해 보통은 자기 전에 알람을 새벽 5시 30분에 맞춰놓고 잠에 든다.

그렇다고 매번 제때 잘 일어나는 것은 아니다. 알람이 울리자마자 절로 눈이 떠지는 날이 있고, 알람을 끄고 더 자고 싶어 못 일어나는 날도 있다. 생각해 보면 벌떡 눈이 떠지는 날은 일정이 아침부터 꽉 차 있는 날이었다. 더 자고 싶은 날은 느긋하게 일어나 일을 해도 괜찮기 때문에 나도 모르게 알람을 끄는 것 같다. 가끔 일찍 일어나지 않아도 되는 날에 알람이 울리면 '왜 알람을 전날 끄고 자지 않았지?'라는 생각에 아쉽기도 하다. 알람을 듣고 한 번 깨버리면 더 이상 잠이 오지 않기 때문이다. 그렇지만 평소보다 하루를 더 일찍 시작하니 좋은 거라고 생각한다.

아침에 일어나 가족들에게 잘 잤냐고 안부 인사를 건네고 아침을 먹는다. 아침 식사로는 대부분 사과 반쪽과 그릭 요거트 그리고 견과류를 먹는다. 보통 다른 음식들을 먹을 땐 빨리 먹는 편이지만 요거트를 먹을 땐 한참을 먹는다. 아침은 건강하게 먹고 점심은 맛있는 걸 먹고 싶어서 밥을 먹는 동안 오늘 점심에는 뭐 먹을지 찾아보거나 밤사이에 못 봤던 영상들을 보게 되는데, 밥 먹는 시간이 적게는 30분에서 오래 걸릴 때는 한 시간이 걸리기도 한다.

점심과 저녁 식사는 15분에서 30분 정도 걸리는 데 아침 식사는 왜 이렇게 오래 걸리는지 곰곰이 생각해 보니, 느리게 먹는 동안 천천히 잠에서 깨어나는 것 같다. 그렇게 천천히 깨어나면서 이제 본격적으로 하루를 시작하는 기분을 느낀다. 이런 나를 보고 가족들은 "아직도 먹고 있어?"라고 한마디 건네기도 하지만 그

이외의 별다른 말을 하지 않는다. 그래서 참 좋다. 아마도 나만의 아침 식사 시간을 존중해주는 것 같다. 나 자신이 깨어나고 있는 시간을 온전히 즐길 수 있다는 것이 참 좋다.

만약 아침 식사가 빵이었다면...

빠르게 한 번 먹고

[아침 운동]

2023년 초여름, 장마가 시작되기 전이었다. 언니와 함께 전국 구석구석 빵을 먹어보고자 서울에서 해남까지 걸어서 빵 여행을 다녀온 적이 있었다. 13일 간의 여정이었다. 내 인생에 다시는 없을 순간이기에 즐겁기도 했지만 고되기도 했다. 안타깝게도 이때 체력을 다 썼는지 이 이후부터 금방 지칠 때가 많았다. 그래서 이제라도 체력을 키워야겠다고 생각했다.

집 근처 공원에서 1시간씩 달리기를 하며 운동을 하고 있다. 달리기하고 나면 마음마저 개운해지고 오늘도 해냈다는 생각이 가득하지만, 운동을 하러 나가기까지는 발걸음이 무거워져 늘 망설이게 된다. 그래서 운동복으로 갈아입을 때 나도 모르게 몸이 천천히 움직이기도 한다. 그 누구를 위한 것도 아니고 오직 나를 위한 것이니 그래도 나가보자. 꾸준히 해보자고 마음먹는다.

운동을 하면 뿌듯하기도 하고 다양한 재미를 여럿 만날 수 있어서 그것 또한 좋다. 공원 주변의 풍경들도 살피고, 새로 자란 새싹, 날씨의 변화, 계절의 변화도 살핀다. 새로운 새들을 발견하면 이름을 찾아보기도 하고 그들의 아름다운 소리도 가만히 들어본다. 개미가 나왔는지 한참 지켜보고 그들이 분주하게 움직이는 모습도 본다. 거미가 곤충을 잡으려고 몰래 낚싯줄처럼 쳐놓은 거미줄도 발견한다. 그런 모든 것들을 살펴보는 재미가 있다. 그래서 실내에서 러닝머신으로 뛰는 것보다 밖을 나가 뛰고 있는 지금이 좋다.

[커피 타임]

운동을 마치고 자주 가는 카페에 가서 커피를 마신다. 커피를 잘 마시는 편은 아니지만, 같이 운동하는 엄마와 언니는 커피를 좋아해서 함께 가다 보니 카페라테나 아메리카노 연하게 한 잔 정도는 마시게 되었다. 그렇지만 커피가 하루 동안 먹는 음식 중에 꼭 필요한 것은 아니라 그런지, 매일 함께하는 커피 타임에 무엇을 마셔야 할지 항상 고민이 된다.

달콤한 음료가 아닌 말끔한 맛이 나고 먹고 나면 깔끔해지는 음료를 마시고 싶어 커피를 고른다. 그런데 커피를 골라도 잘 마시지 못할 때가 많다. 어떨 때는 너무 써서 한 입 먹고 더 마시지 못할 때도 있고 또 잘 마셔도 이후에 속이 두근두근하면서 잠을 못 잔 적도 자주 있었다. 그 때문에 카페를 가면 항상 망설이게 된다. 그렇다고 아예 커피 생각이 나지 않는 것도 아니다. 가끔 커피 한 잔 마시고 싶다는 생각이 간절할 때도 있다.

그래서 커피 마시는 시간을 정해보자고 생각했다. 오랜 시간 동안 나만의 실험을 해 본 결과 오후 3시 전까지만 커피를 마시면 밤에 푹 잠을 잘 수 있고 두근거림도 없다는 걸 알게 되었다. (물론 완벽한 실험 결과는 아니다. 가끔 변수도 존재한다) 그래서 커피를 마시고 싶을 때는 이른 시간에 마시는 편이다.

그럼에도 커피타임이 즐거운 이유는 커피를 함께 마시면서 평소 각자가 바빠서 못 나누었던 이야기를 나눌 수 있기 때문이다. 내게 다시 오늘을 잘 지낼 수 있는 큰 힘을 주는 이 커피타임이 오래 지속되기를 바란다.

비 온 후 추가되는 아침 루틴!

운동 중에 만난 달팽이들

혹시 밟힐까 다른데로 옮겨준다

오늘도 나는 달팽이 방범대!

개띠랑   저만의 빵빵함을 채우며

오전을 이렇게 보내고 있어요. 어떠셨나요?

다솜 님은 어떤 아침을 보내는지 궁금해지는데요!

다솜   아침은 보통 저에게 큰 활력을 주는 시간이에요.

이런 이야기들을 들려드리고 싶네요.

[어색하다]
혼자만의 시간을 즐기는 5시

    종종 일찍 일어난다. 전날 다 끝내지 못하고 오늘까지 밀려온 일을 당장 꼭 끝내야 할 때 불안한 마음에 일찍 일어나게 되는데, 요즘은 별일이 없어도 가끔 5시에 일어난다. 그렇게 일찍 일어나고 나면 이 시간은 온전히 혼자 있는 시간이다. 생각해 보면 일상을 보내며 혼자만 있을 일은 그리 많지 않아 이 시간은 어색하게 느껴진다.

    근데 또 이 어색함이 싫지만은 않다. 어색함을 즐긴다. 특별히 무언가를 하는 것은 아니다. 고요하다. 고요함을 즐긴다. 편안하다. 잠이 깰 때까지 책상에 앉아 잠시 멍하게 있다. 좋아하는 노래가 담겨있는 플레이리스트를 유튜브에서 찾아 이어폰을 꽂고 듣는다. 자연의 소리를 듣기도 한다. 더 고요해진다.

고요함 속에 오늘 해야 할 일들을 순서대로 떠올려보고 다이어리에 적거나 책을 읽는다. 혹은 아무것도 하지 않고 가만히 있기도 하다. 방바닥에 온몸을 납작 붙이고 누워 있을 때도 있다. 그렇게 다시 누울 거면 폭신하고 따뜻한 침대에 누워서 더 잠을 자면 되는데 왜 일찍 일어났냐고 엄마의 걱정이 들린다. "지금이 좋아. 이게 좋아. 이 시간이 좋아." 답하며 엄마의 걱정을 잠시 뒤로 한다.

마음이 차분해진다. 고요한 이 순간도 빵빵한 하루가 되겠구나, 생각한다. 하루를 시작하며 침착하게 가라앉힌 마음이 생겼다. 가라앉은 마음 위로, 그 어떤 것도 좋으니 무수히 많은 것들을 담으러 오늘도 떠난다.

[자신만만하다]
무엇이든 다 할 수 있는 마음의 6시

알람이 울린다. 일어난다. 생각과 고민이 많은 것 치고는 다행히 잘 자고 일어난다. 개운하다. 잠에서 깨어나는 데에는 그리 오래 걸리지 않는다. 일어나자마자 커튼을 젖혀서 날씨를 확인한다. 날이 맑든, 비가 오든, 천둥·번개가 치든, 눈이 오든 빵빵한 하루를 결정하는 데에 사실 큰 영향은 없다. 나에겐 하루가 시작되었다는 것이 중요하다. 자, 빵빵한 하루를 시작해 보자.

잘 자고 일어나면, 자기 전 머릿속을 헤집어 두던 걱정은 저 멀리 말끔해진다. 밤사이에 깊어졌던 생각을 많이 덜어냈다. 비워진 마음에 오늘 주어진 것들을 할 수 있겠다는 마음이 채워진다. 자신감이 생긴다. 아침에 생긴 자신감은 밤이 되면 얼마나 남아있을지 모르겠다. 자신감이라는 존재 자체를 잊을 만큼 너덜너덜해진 마음이 될 수도 있겠다. 하지만 그건 지금부터 생각하지 않기로 한다. 하루가 시작되었고, 머리는 개운해졌고, 몸은 가볍고, 할 수 있겠다는 마음이 채워졌다는 것만으로도 벌써 빵빵한 하루이다. 그것에 집중하기로 한다.

무엇이든 할 수 있겠다고 생각한 마음은 몸을 움직이게 한다. 몸을 슬슬 움직이면서 오늘을 맞이한다. 어떤 일들이 내 앞에 펼쳐질지도 큰 걱정하지 않는다. 하루를 보내며 순간마다 무수한 걱정들을 마주할 테니까 미리 걱정하지 않기로 한다. 활짝 젖힌 커튼 바깥으로 펼쳐진 오늘의 풍경들을 한참 멍하니 바라본다. 풍경 속에서 열심히 움직일 나를 상상하며 일어나자마자 생긴 자신감을 두드리며 오늘도 잘해보자고, 잘 지내보자고 다독인다.

[설레다]
금처럼 빛나는 7시

아삭한 사과 반 개, 꾸덕꾸덕한 요거트 크게 한 스푼 그리고 각종 견과류. 간단하게 아침 식사를 한다. 아침 식사는 어릴 때부터 잘 챙겨 먹었었지만, 간단하게 먹기 시작한 건 아마도 직장 생활할 때부터 들였던 습관이었다. 자취할 때는 냉동 블루베리와 요거트 한 스푼 정도로 더 간단하게 먹었는데, 이 식단은 무언가를 차려 먹기에는 귀찮고 힘든데 뭘 안 먹자니 에너지가 생기지 않아 탄생한 식단이었다.

본가에서 다시 살게 되면서부터는 엄마가 챙겨주시니 사과에 견과류까지 건강을 곁들이게 된다. 아침에 먹는 사과는 금이라던데 더욱 좋다. 하루의 시작부터 건강해지는 느낌이다. 그런데 이게 웬걸! 워낙 맛있는 게 많아서 그런지 이런 건강식은 오히려 자극적인 음식을 생각나게 한다. 그래서 아침을 먹는 것과 동시에 점심엔 뭘 먹을지 떠올리게 되는데 그땐 왠지 설렌다. 설렘 덕분에 평소 식사 속도보다는 훨씬 빠르게 사과를 먹는다. 이건 건강을 먹는다기보다는 건강을 먹어 치운다고 할 수 있다.

내가 만들어가는 빵빵한 하루에는 건강한 하루도 분명 필요한 것인데 아침부터 만나는 건강에는 괜히 일탈하고 싶어진다. 먹고 싶은 걸 마음대로 먹고, 다니고 싶을 때 마음껏 다니는 지금! 건강이 금처럼 더 빛나도록 챙기기로 한다.

[상쾌하다]
하루를 살게 하는 빵빵력을 채우는 8시

아침마다 뛰고 있다. 뛰고 있는 구간을 한 번에 뛰지 못하고 뛰다 걷다 하는 '뛰걸뛰걸' 상태가 한 달째였다. 어떻게든 목표까지 쭉 뛰어보려고 했는데 뛸 때마다 이건 도저히 못 뛰겠다고 생각했다. 숨이 차고 심장이 터질 것 같다. 뛰던 걸음을 멈추고 걷는다. 함께 뛰고 있는 엄마와 동생이 저만치 앞서가는 걸 보면서 그래도 마음 한편에 나도 멈추지 않고 뛰고 싶다는 생각은 여전했다.

뛰는 8시가 어김없이 다시 찾아온다. 출발 지점에 선다. 발걸음을 뗄 때마다 '오늘은 한 번에 쭉 뛰어보자!' 마음먹고 뛰기 시작한다. 뛰었다가 걸어가고 다시 뛰었다가 걸어가는 8시가 쌓여서 그런지 왠지 다리가 가볍다. 그렇지만 숨은 턱 끝까지 차오른다. 어제보다 많이 뛰었으니, 오늘은 이만하면 되었다고 자꾸 유혹이 들려온다. 그래도 이왕 시작한 거 멈추지 않고 쭉 뛰어보기로 했으니, 유혹을 무시해 본다.

어떻게 하면 더 잘 뛸 수 있을까 생각해 보다가 바로 코앞에 보이는 것들로 작은 목표를 세워보기로 했다. 벤치까지 뛰어보자. 벤치까지 거뜬히 뛰었다. 이제 다음 목표. 저 단풍나무까지 뛰어보자. 단풍나무까지 뛰었다. 숨이 찬다. 두근거리는 심장 소리가 내 귀까지 들려온다. 잠깐 걷다가 다시 뛸까? 달콤한 휴식이 나를 부른다. 유혹의 목소리가 더 큰 소리를 내기 전에, 얼른 눈앞에 보이는 다른 목표를 찾아본다. 그래, 저 가로등까지 뛰어보자. 몇 걸음 만에 닿을 목표인데도 왜 이리 힘든지 모르겠다. 없는 힘, 있는 힘 모두 끌어와서 달려본다. 어라? 다 뛰었네? 두근거린다. 숨이 차고 심장이 빨리 뛰어 두근거리는 것인지 그동안 못 뛰었던 구간을 쭉 뛸 수 있었던 것에 두근거렸던 것인지 모르겠지만, '절대 한 번에 못 뛰어.'라는 생각은 '뛸 수 있네.'로 바뀐다.

땀이 비 오듯 쏟아진다. 숨을 고르면서 천천히 집으로 돌아간다. 살랑 불어오는 바람에 땀이 식어가면서 상쾌함이 마음에 들어온다. 이때 느낀 상쾌함은 오늘을 빵빵하게 살아갈 수 있게 하는 '빵빵력(빵빵하게 살아갈 힘)'을 채워준다. 그렇게 채운 빵빵력으로 '할 수 있다'라는 오늘의 용기까지 채운다.

[당황스럽다]
예상치 못한 구덩이에 빠진 9시

운동을 가던 길에 예상치 못한 구덩이에 발이 빠진 적이 있다. 엄청난 구덩이도 아니었다. 발이 쏙 들어가는 크기일 뿐이었는데 그 얕은 구덩이에 발이 빠져 발목이 살짝 꺾였다. 황당하고 당황스러웠다. 늘 걷던 거리에서 다칠 줄이야. 예상할 수 없던 상황이었다. 예측하지 못할 상황에 어쩔 수 없는 건 어쩔 수 없는 건데 괜히 여러 이유를 찾게 된다.

보통 걸을 때 땅을 안 보고 걸어서 다친 걸까? 주변만 보고 걸었던 걸까? 힘없이 터덜터덜 걸어서 그랬을까? 땅은 왜 파인 걸까? 그건 왜 못 봤지? 하필 구덩이에 발이 쏙 들어갔지? 욱신거리는 발목을 끌고 가면서 생각이 꼬리에 꼬리를 물고 있다. 후회스러웠다. 병원을 가야 하나? 어떤 병원을 가야 하지? 정형외과에 갔다가 깁스하는 거 아니야? 깁스했다가 앞으로 달리기를 못

하면 어떻게 하지? 그럼, 한의원 갈까? 한의원 가면 침 맞겠지?
침 맞으면 진짜 아플 텐데. 살짝 걸으면 좀 괜찮은 것 같기도 하
고. 파스만 바르면 될까? 아, 하필 왜 구덩이를 못 봐서...!

끝없는 물음표가 생겨도 지금 발목이 아프다는 건 변하지 않
았다. 그 어떤 것을 탓해 봐도 아픈 건 변함이 없었고 내가 아프
지 않게 발목을 살피는 것이 중요했다. 다시 상황이 돌아가 구덩
이를 밟기 전 9시가 되더라도 또 밟을지도 모르겠다. 구덩이를
또 밟을까 봐 밖을 나서지 않는다면 그 또한 얼마나 아쉽고 어리
석은 것일까.

다행히 병원에 가지 않고도 바르는 파스를 듬뿍 바르고 잤
더니 한결 나아졌다. 예상치 못한 구덩이에 빠졌던 날을 지나 다
시 그 시간이 되면 왠지 모르게 욱신거리는 느낌이 들기도 하지만
느낌은 느낌일 뿐이었다. 땅도 보면서 걷고 발에 힘을 주고 터덜
터덜 걷지 않았다. 걷기에 천천히 집중하고 한 발 한 발 내디뎠다.
새롭게 생긴 구덩이가 있어도 발은 더 이상 빠지지 않고 함께

걷고 있는 동생에게도 조심하라고 이야기 해줄 수 있었다.

모든 상황을 다 알면서 살아가고 있지 않기에 내가 어찌할 수 없는 상황에는 크게 마음 쓰지 않고 그 상황에 닥친 나를 더 잘 살펴보는 시간이 되었다.

[평화롭다]
커피 한 잔의 여유를 갖는 10시

커피 한 잔의 여유. 어느 커피 광고의 문구 같지만 정말 말 그대로 커피 한 잔과 함께 여유를 갖는 시간이다. '오늘'이라는 빵빵한 하루를 만들어 가면서 여유를 갖는 것은 아주 중요하다고 생각한다. 그래서 '나에게도 여유로운 하루가 필요해!'라고 나 자신에게 외치게 되지만 여유로운 시간을 갖기란 쉽지 않다.

운동을 마친 후 커피를 마시는 이 시간만큼은 여유롭고 평화롭다. 하루 중 필요한 여유를 이때 충전하는 느낌이다. 커피를 함께 마시러 가는 커피 친구는 주로 운동을 함께 하는 엄마와 동생이다. 가끔 주말엔 아빠도 함께한다. 세상 그 어떤 친구보다 가장 마음에 맞고 여유를 즐길 수 있는 커피 친구들이다.

같이 살고 있으면서도, 잘 지내고 있는 걸 알면서도 어떻게 지내는지 사실 속속들이 모르니 이때 비로소 서로의 안부를 묻고 생각들을 묻는다. 그렇다고 엄청난 생각들이 오가는 것은 아니다. 어디가 아프지 않은지, 아픈 곳이 있다면 어느 병원에 가고 싶은지. 그 병원에는 어떤 의사 선생님이 진료를 잘 봐주는지. 점심은 무얼 먹을 건지, 엄마·아빠는 어떤 대화를 하는지, 나와 동생의 어린 시절 추억 등등 시시콜콜한 이야기들도 오간다. 이야기하다 보면 어느새 커피를 다 마셔간다. "이제 가서 다들 할 일 하자!"라는 말과 함께 짧은 커피 타임은 끝난다. 그렇게 마음은 비워졌다. 다시 채우러 떠나보자.

[감동하다]
행운을 찾아 나서는 11시

"올해의 행운이 시작됐어!" 엄마는 봄이 오면 네잎클로버를 찾아 나선다. 최근에 알게 된 사실인데 엄마는 어렸을 때부터 봄마다 네잎클로버 찾기를 즐겼다고 했다. 올해도 어김없이 봄이 왔고 엄마는 네잎클로버를 찾는다. 몇 년 전부터 자주 네잎클로버가 발견되던 곳은 클로버 전용 제초제를 뿌려 올해는 네잎클로버를 볼 수 없었다. 엄마는 퍽 아쉬워했다. "다른 풀은 자라는데 어떻게 클로버만 안 나지?" 엄마의 아쉬움을 자주 볼 수 있던 봄이었다. 그 아쉬움이 나에겐 왠지 귀엽게 느껴졌다. 행운을 기다리고만 있지 않고 행운을 만들어가고 찾아 나서는 행운 모험가 같은 느낌이었다.

그러던 중 봄의 끝자락, 여름의 시작을 앞둔 어느 11시였다. 네잎클로버가 꽤 모여 있는 곳을 우연히 발견했다. 네잎클로버 하나가 보였는데 한참을 들여다보니 순식간에 7개의 네잎클로버를 찾게 되었다. 역시 네잎클로버 찾기 50여 년 경력다웠다. "네잎클로버도 행운인데, 7개를 찾다니, 아주 럭키 세븐이네! 올해 아주 잘될 거야." 든든했다. 감동이었다. 한동안 내가 가고 있는 길에 용기를 잃을 뻔하던 적이 많았는데 엄마의 한마디가 뭔가 마음을 찡하게 했다. 왠지 모를 찡함이었다.

행운의 상징들이 손안에 가득 모이자, 엄마는 네잎클로버마다 짝을 지어주었다. 이건 누구 갖다주고, 저건 누구 갖다주면 되겠네! 엄마의 말을 듣고 나도 이 네잎클로버를 보고 생각나는 사람들의 이름을 읊었다. 그때 엄마의 한마디가 있었다. "너는 가졌어?" 엄마의 한마디에 멈췄다. 아. 맞다. 내 것은?! "네 몫도 챙기고 다른 사람에게 충분히 나눠. 행운을 혼자만 갖지 않고 나누는 것이 가장 중요한데 그중에서 제일은 너의 몫도 잘 챙기는 것도 중요해. 그래야 잘 나눌 수 있는 거야."라고 엄마는 말했다.

나의 몫보다도 다른 사람 먼저 생각하게 되는 경우가 있다.

그들이 좋아하는 모습을 보면 그걸 보면서 내 마음이 빵빵하게 채워지는 것을 느낄 때가 많다. 그에 앞서서 나 또한 좋아야 다른 사람을 챙길 수 있으니 나 자신부터 좋아하는 것을 챙기라는 마음에서 말하는 엄마였다. 50여 년 경력의 행운 모험가에게 행운 비법을 가르침 받은 느낌이었다. 그렇게 행운이 쌓여간다.

개띠랑   다솜 님 말처럼 아침의 활력이 느껴지네요~

          이번엔 두루 님의 아침 이야기도 들어보고 싶어요!

두루   이렇게 다양한 오전 이야기를 나눌 수 있어서 좋네요.

          제 아침은 이런 이야기를 들려드릴 수 있을 것 같아요.

[9시 - 12시]

보통 이 시간대에는 집에 머무르는 편이다. 전날 늦게 잠에 들었다면 잠을 더 자기도 한다. 일찍 일어났을 때는 집을 치우거나 빨래를 하거나 운동을 하기도 한다. 요즘은 집에서 간단히 할 수 있는 팔굽혀펴기를 자주 하는 편인데 샤워를 하기 전에 꼭 하려고 하는 편이다. 배가 고프면 간단히 요기를 하기도 한다. 요즘은 시리얼을 자주 먹는 편인데 이 또한 배가 고프지 않다면 굳이 먹지는 않는다. 평소 오전에는 무언갈 잘 먹지를 않아서 만약 무언가를 먹게 된다면 전날 저녁을 부족하게 먹었다거나 활동이 많아 에너지가 부족한 경우라고 할 수 있겠다. 그래서 내게는 이 시간이 평소 일상에서 부족했던 나만의 시간을 즐길 수 있는 즐거운 시간이다.

특히 하고 싶은 이야기는 요즘 챙기고 있는 건강에 대한 것이다. 이야기하기 전 한가지 고백하자면, 사실 운동을 별로 좋아하는 편은 아니다. 그러나 최근 건강상의 이유로 운동을 하지 않을 수 없는 지경에 이르렀기에 건강한 신체를 위해 운동을 시작했다. 이젠 더 이상 운동을 하지 않으면 신체가 정상 작동을 하지 않는 수준인데, 아마 나이가 들어가면서 자연스러운 현상이 아닌가 싶다. 여태 버텨준 것이 용할 정도. 그래서 이젠 시간을 내어 운동하려고 하는 편이다.

앞서 말했던 것처럼 요즘 간단히 할 수 있는 팔굽혀펴기를 자주 하는 편이다. 처음 시작은 마음을 챙기기 위해서였다. 한없이 우울의 늪에 빠질 때는 무엇 하나 쉽지 않다. 잘 자고 일어나 하루를 맞이하는 것, 이불을 박차고 침대 밖을 나서 샤워를 하는 것, 밥을 챙겨 먹고 현관을 나서는 것, 사람들을 마주하고 대화를 나누는 것까지…. 그 어느 것 하나 제대로 되는 것이 없다. 그런 와중 한가지 결심을 한 것이 바로 이 팔굽혀펴기다. 그냥 생각날 때마다 하나씩이라도 해야겠다고 생각하고 무작정 시작하게 되었는데 그 이후로 거의 매일 하고 있다. 처음에는 20개도 힘들었다. 그러나 점점 늘었다. 30개, 40개, 50개… 점점 한 세트를 할 수 있는 근력이 늘었다. 몸도 제법 탄탄해지는 것 같았다. 기분 탓인지 모르겠지만. 그렇게 이 글을 쓰고 있는 오늘도 해냈다.

사실, 이 작은 움직임이 순식간에 엄청나게 큰 변화를 불러오는 것은 아닐 것이다. 그러나 우공이산의 정신으로 차근차근히 하다 보면 조금씩 쌓인 변화들이 큰 성과를 가져오게 될 것이라 믿는다. 아마도 마음이 가라앉는 순간은 이런 성과를 성급하게 바랐기 때문은 아니었을까. 무엇이든 얻어내기 위해서는 차근차근 단계를 밟아나가야 하는 것인데 당장 내 노력이 바로 성과로 이어져야 한다는 다소 허무맹랑한 생각에 사로잡혀 있었던 것 같다. 이제는 일순간 이루어지는 것은 없다는 것을 안다. 그 어떤 장인도 모두 어설펐던 시간이 있었을 것이다. 꾸준하게 쌓은 그들의 노력이 끝내 그들을 어떤 경지에 이르게 했으리라. 하루하루를 천천히, 나만의 속도로 또 나아가다 보면 나도 그 어떤 경지에 오를 수 있으려나.

더 듣고 싶다면?

오후

개띠랑   여러분은 어떤 시간을 보내고 있는지도 궁금해집니다.
저마다의 이야기로 빵빵한 오전을 채우고 계신가요?

다음 이야기로 넘어가 보겠습니다. 오후를 이야기해
볼게요. 점심을 먹고 일도 하고 제일 분주하게 움직일
시간일 텐데요! 어떤 이야기들로 채워졌을까요?

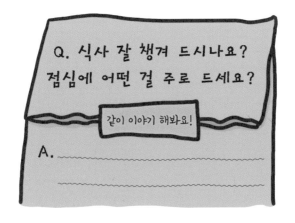

[점심 식사]

.

오늘 하루를 잘 보냈는지 되돌아볼 때, '맛있는 한 끼를 만났는가?'가 아주 중요한 부분을 차지한다. 이 질문으로 오늘을 잘 보냈는지 판가름 될 정도로 맛있는 한 끼는 하루를 좌지우지한다고 할 수 있다. 특히 그중에서도 가장 알차게 챙겨 먹는 시간은 점심이다.

우리 집에는 요리에 관한 아주 냉철한 시스템이 존재한다. 요리에 있어서 전문가라고 할 수 있는 엄마가 심사위원이 되어 가족들이 가끔 요리를 했을 때 음식의 맛을 평가하는데 그의 합격을 받게 되면 그 음식을 다음에도 선보일 수 있는 기회가 주어진다. 심사위원인 엄마는 자신이 직접 만든 음식도 맛이 없으면 먹지 않을 만큼 음식에 대해 냉철한 평가를 하는 편이라 직접 요리를 하게 될 때 맛을 인정받기 위해서 더 신경을 쓰게 된다. 가족들이 두각을 나타내는 음식으로는 아빠는 계란찜, 언니는 파스타, 엄마는 대부분의 음식이다. 각자의 대표 음식을 볼 때마다 이 요리를 잘하는 사람이 떠오르면서 그들의 가슴팍에 합격점을 받은 음식이 그려진 배지가 붙은 위풍당당한 모습이 그려지기도 한다.

최근에 김치볶음밥을 더 맛있게 해 먹고 싶어서 유튜브로 레시피를 검색하다가 정말 맛있다는 레시피를 보고 한번 따라 해보았다. 정말 맛있었지만, 마음 한편에는 걱정과 긴장되는 마음이 있었다. 이건 나 혼자만 먹는 것이 아니라 가족들도 나눠 먹는 것이다 보니 맛있어야 할 텐데, 하는 생각에 사로잡혀 있어서 조마조마했다. 아빠나 언니는 아주 맛없지 않은 이상 대부분 다 맛있다며 잘 먹는 편인데, 엄마는 맛을 중요시하는 타입이고 맛에 있어서는 냉정한 편이라 마치 TV 요리 서바이벌 프로그램에 나간 것처럼 더 긴장되었다.

아쉽게도 나는 그동안 부여받은 배지가 없었는데 내가 만든 김치볶음밥은 온 가족이 다 만족했고 이후에 김치볶음밥을 먹고 싶은 날에는 무조건 요리는 내 담당이 되는 걸 보면서 드디어 내게도 '김치볶음밥 배지'가 생겼다. 마침내 얻어 낸 이 배지를 떠올리며 가족들과 함께 맛있게 나눠 먹을 수 있는 잘 만드는 요리가 생겨서 이 시간이 정말 고마웠다.

[팀원 회의]

팀원들과 다양한 안건을 주고받는 시간이다. 이때는 새로운 콘텐츠 회의 및 모임, 현재 진행하고 있는 팟캐스트 〈나에게도 빵빵한 하루가 필요해〉 관련 이야기도 나눈다. 개띠랑 유니버스라는 팀을 꾸려나간 지 2년째가 되어가고 있는 지금, 처음에는 잘해보려는 의욕과 각자가 일해 왔었던 방식이 달라서 몇 번 부딪히기도 했지만 함께 일하면서 서로 맞춰 나가다 보니 현재는 크게 부딪칠 일이 생기지 않는다.

최근에는 회의 안건 외에 일주일에 한 번씩 '감정교류회'라는 시간을 가지기 시작했다. 각자가 일주일을 보내면서 느낀 감정을 이야기하는 시간이다. 내 감정에 대해 타인에게 이야기해 보지 않아서 처음에는 굉장히 낯설고 어색하여 [어색하다], [긴장되다], [두근거리다], [자신만만하다], [즐겁다] 카드를 뽑았었다.

나의 감정에 대해 이야기한다는 것이 어색하고, 긴장되기도 하고, 두근거리기도 했지만 그래도 현재 하는 일에 대해서는 자신감이 있기 때문에 자신만만하고 즐거워서 이런 감정 카드를 선택했었다.

어느 날은 평소와는 다른 감정 카드를 뽑을 때도 있었다. 계속 즐겁고 자신만만하면 좋을 텐데, 한번은 [지치다] 감정만 가득해서 고민하고 고민하다가 [지치다] 카드를 뽑았다. 현재 무엇을 하는지 모르겠고 지치기만 한 마음들에 대해서 말했다. 이 이야기를 들은 팀원들은 지칠 수 있고 충분히 지쳐보라고도 하고 지치는 그 길엔 혼자가 아니라 함께 있으니 같이 힘내서 해보자고 용기를 주었던 적도 있었다.

기쁠 때도 지칠 때도 이렇게 이야기 할 수 있는 시간이 있고 같이 들어주는 팀원들이 있어 정말 고맙다는 생각이 들었다. '나는 이런 사람이다.'라고 느낀 적이 없었는데 감정에 관해 이야기하다 보니 나에 대해 서서히 알아가는 것들이 늘어나고 있다. 그

걸 알아가는 나 자신이 신기하다. 이야기할 수 있는 다양한 안건들이 있고 팀원들과 함께 이야기할 수 있다는 것에 감사하다.

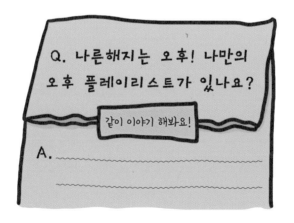

Q. 나른해지는 오후! 나만의 오후 플레이리스트가 있나요?

같이 이야기 해봐요!

A.

팀원들과의 회의는
주로 이야기하다

새로운 컨텐츠가 떠오른다!

재밌겠다!

두루   개띠랑 님의 이야기를 들으니, 나에게는 어떤 한 끼가

하루를 빵빵하게 만드는지 생각하게 되네요!

개띠랑   하루를 보내면서 오후에 에너지를 많이 쓰는 편이라 더

잘 챙겨 먹게 되는 것 같아요.

다솜 님은 어떤 오후를 보내고 있나요?

다솜   여러 이야기를 들려드릴 수 있겠어요!

저도 잘 챙겨 먹고 그 에너지로 오후를 알차게 달리고

있거든요~

[즐겁다]
맛있는 걸 고민하는 12시

　　맛있는 걸 먹겠다고 고민하는 시간. 하루 중 가장 두근거리는 시간이다. 이 세상 그 누구보다 가장 맛있는 걸 먹겠다고 고민하는 이 시간은 나에게 즐거움을 준다. 빵빵한 하루를 만들어갈 때, '맛있는 하루'는 나에게 가장 필요한 순간처럼 느껴진다.

　　아침과 저녁은 가볍게 먹어보려고 하는 편이라 대체로 맛있는 걸 먹을 땐 점심으로 먹는 편이다. 맛있는 것에 대한 기준은 엄청난 것은 아니다. 그날 생각나는 걸 먹거나 전날 밤 먹고 싶은 것이 떠올랐다면 그걸 먹는다. 혹은 맛을 잘 아는 엄마나 동생의 추천, 약속이 있을 때 상대의 추천도 좋다. 어떤 메뉴이든 괜찮고 어떤 맛이든 괜찮다. 맛있는 걸 먹겠다고 고민하는 순간부터 함께 먹는 이들과 음식을 준비하고 맛있게 먹고, 먹으면서 맛있음을 나누는 순간 모두 나를 만족하게 한다. 어쩌면 그 모든 것이 맛있음은 아닐까. 생각해 본다.

맛있는 순간 하나만으로도 오늘의 빵빵함은 다 채워졌다. 이 순간을 함께 할 수 있다는 것에 고마움이 커진다. 이보다 더 큰 행복은 없다고 생각하는 12시이다.

[아쉽다]
소화가 되는 13시

하루 중 그 누구도 부러운 것이 없는 맛있는 한 끼도 먹었겠다. 이제 소화되는 오후 1시가 되었다. 맛있게 먹었던 점심 식사 후의 소화, 한층 여유를 가질 수 있는 마음의 소화, 본격적으로 업무를 시작하는 일을 소화하는 것까지 아주 다양한 소화이다.

빵빵한 하루를 보내겠다고 무언가를 바쁘게 계속하게 된다. 멈추지 않고 끊임없이 생각하고 일하는 것도 중요하지만, 하는 것들을 있는 그대로 바라보는 소화의 과정도 중요하다고 생각한다. 지금 하는 일을 마음에서 어떻게 받아들이는지, 즐겁게 일하고 있는지, 나 자신은 어떻게 바라보고 있는지에 집중하고 있는 요즘, 소화의 시간은 새삼 특별하게 다가온다.

느껴온 감정을 모두 모아 도감으로 엮은 첫 책을 낸 후, 다양한 공간에서 사람들과 함께 감정 기록을 할 일이 많아졌다. 각자의 감정을 관찰하고 찾아보고 살펴보며 마음을 기록해 나가는 과정에서 많은 감정을 만나게 되는데, 못 느껴본 감정을 만날 때마다 놀랄 때가 많다. 놀라는 이유는 여러 가지가 있다. 모든 감정 속에 살고 있다는 것에 새롭고 놀랍다. 감정 기록 프로그램 시작 전에 굳어졌던 표정이 프로그램 끝나갈 때는 한결 편안한 표정을 보고 나면 저마다의 감정이 각자의 마음에서 잘 소화가 되고 있다는 생각에 감사하고 놀란다. 마음을 함께 나눌 수 있다는 것에 보람차고 뿌듯하며 놀란다.

그렇다면 요즘 나 자신은 감정을 잘 소화하고 있는지 되묻는다. 때로는 아직도 '좋은 게 좋은 거야.'라는 말로 감정을 외면할 때가 있다. 그땐 나름의 이유로 잠시 외면했겠지만, 마냥 외면하지 않고 있는 그대로 마주하고 느껴진 모든 감정을 잘 소화해 보기로 한다. 모든 감정을 마음에서 소화하는 것에 두려워하지 않으려 한다. 나를 돌보지 않은 것에 아쉬움이 남지 않도록 마음먹는다. 느끼는 모든 감정에 후회만 남지 않도록 한다.

[뿌듯하다]
숲이 되고 싶은 14시

산을 오른다. 흙을 밟는다. 나무를 만진다. 꽃을 본다. 바람을 만난다. 새잎이 얼마나 자라나고 있는지 지켜본다. 도토리 열매가 자란다. 오르막을 오른다. 땀이 난다. 한참을 걷는다. 계절 변화에 맞춰 산에 놀러 온 새들을 만난다. 산의 정상에 도착한다. 때로는 잔뜩 말라 있는 흙에 미끄러진다. 먼지가 나는 흙길에 먼지를 먹으며 한참 걷는다. 내리막을 내려간다. 산의 입구로 내려온다. 도착했다. 오늘도 매일 가는 산에 잘 올랐다.

동네 뒷산에 내 맘대로 이름을 붙였다. 본래의 산 이름이 있는 것과는 별개였다. '매일 가는 산.' 매일 오르지 않아도 계절마다 변하는 산의 변화를 유심히 관찰할 수 있을 만큼 오르고 있다. 그래서 이름을 이렇게 붙이고 싶었다. 산을 올랐다가 내려오면 몸은 힘들지만, 그것이 하루의 활력을 불러일으킨다. 즐겁다.

산 곳곳의 변화를 본다. 그곳을 오르는 나의 변화도 살핀다. 어제는 잘 올랐는데 오늘은 힘드네? 여기서는 숨이 엄청나게 찼는데 지금은 숨도 안 차고 잘 오르네. 나의 여러 모습을 관찰한다. 하루를 보내면서도 마찬가지였다. 그 누구 부럽지 않게 잘 지내는 날도 있고 보이는 것마다 다 부러워서 나 자신이 한없이 작아지는 날도 있다.

그래, 그런 날도 있고 저런 날도 있지. 그렇고 저런 날들이 쌓여 푸르른 숲을 이뤘듯 나도 언젠가는 풍성한 숲이 되어 있겠지. 재촉하지 않고 충분히 잘하고 있다고 나 자신에게 말해주기로 한다. 산에서 걸으며 얻은 활력으로 남은 오후를 잘 보내본다.

[여유롭다]
멍때리는 15시

요즘 들어 이 시간쯤, 종종 멍때리게 된다. 봄바람이 살랑 부는 날에 공원에 돗자리를 깔고 그대로 눕는다. 평소 마음이 이끄는 곳이라면 산속 벤치에도 눕고, 겨울엔 눈밭에도 눕고 그 어떤 곳이든 한껏 이 순간을 즐기고 싶은 곳 어디든 잘 눕는데, 여기가 누울 자리다, 싶다면 그대로 눕는다. 눕고 나면 아무 생각도 들지 않는다. 그렇게 멍때리기가 시작된다. 불멍, 숲멍, 물멍, 비멍, 각종 멍이 유행인 시대에 오늘은 어떤 멍을 해볼까. 좋다, 오늘은 하늘멍이다. 나도 모르는 사이, 하늘은 아주 분주하다. 터전을 꾸리려고 분주하게 움직이는 새, 하늘에 지나가는 길을 그림 그리며 가는 비행기, 구름 사이에서 피어난 무지개, 뭉게뭉게 피어오르는 구름, 바람에 나풀나풀 흔들리는 나뭇잎 등등 눈에 들어온다. 다들 저마다의 속도로 잘 지내고 있구나! 나도 오늘 이렇게 잘 지내고 있는데…! 괜히 이렇게 속삭이게 된다.

생각에도 잠깐의 틈을 주지 않으면, 생각들이 계속 생겨난다. 꼬리에 꼬리를 물고 생각한다. 찐득하고 끈질기게 이어지는 생각이 나를 성장시킬 때도 있지만 때로는 고립되게 만들고, 나자신에게 엄격한 기준을 만들 때도 있다. 그 때문에 오히려 새로운 생각이 들어올 틈이 생기지 않는다.

멍때리며 생각을 비운다. 그리고 잠깐 멈춘다. 분주하게 움직이는 하늘을 그대로 보고 한참을 그저 가만히 본다. 하늘에서 벌어지고 있는 일들에 시선을 두고 따라가다 보면 마음엔 여유로움이 생긴다. 마음에 여유를 채우는 데에는 그리 긴 시간이 걸리지 않는다. 단 몇 분이어도 창문 밖을 바라보고 나면 마음에 공간이 생긴다. 이렇게 생긴 여유는 '빵빵한' 하루 중 큰 역할을 한다.

여유를 챙기려고 하늘을 바라보는 것 같지만 어쩌면 나를 있는 그대로 바라보는 시간이 필요한 것은 아닐까, 떠올려 본다.

그렇게 무언가 한참을 바라보는 시간이 지나가고 있다.

[자신만만하다]
그래도 도전하는 16시

할 수 있다는 믿음과 자신감을 채워 시작한 하루이지만 이 시간쯤 되면 그 자신감은 어디서든 볼 수 없다. 나를 힘 나게 하는 감정들을 끌어~ 올려~ 해보지만 어림도 없지. 끌어 올리려 할수록 어쩐지 더 한껏 가라앉았다. 이런 생각들이 차오르기 시작하면 '빵빵한 하루는 역시 만나기 쉽지 않지.'라며 아직 하루를 마감하기에 한참인데도 먼저 하루를 정의 내리게 된다. 하루라는 문을 빨리 셔터 내리기도 한다. 괜히 불안해진다. 걱정한다. 이것저것 많이 시도하고 도전하며 해나가는 하루인 것 같은데 아쉬움만 커진다.

주어진 일을 해나가면서 모든 것을 완벽하게 할 수 없다는 것을 알고 있지만 실제에 적용이 잘되지 않을 때가 있다. 하는 일을 '잘 해내야 한다.'라는 생각이 강했다. 다 해내든 못 하든 '지금

하고 있다'라는 것이 중요한데 말이다. 물론 오늘 못했던 것이 있다면 하루를 다시 돌아보고 더 나아갈 수 있는 방향으로 성찰하는 시간도 필요하지만, 성찰하다가 그 끝엔 나 자신에게 화살을 꽂을 때가 있다. 화살을 실컷 꽂고 나면 남는 것은 아무것도 없다. 상처 입은 나밖에 남아있지 않게 된다.

　더 이상 나에게 상처 입히고 싶지 않았다. 마음에 상처 입고 나면 다시 회복할 때 너무 많은 시간을 쓴다. 많은 시간을 쓰면서 상처가 말끔히 나으면 너무 좋겠지만 나를 향했던 마음의 상처는 결국 어떤 모습이든 흉터로 자리 잡는다. 심지어는 그 상처가 잘 낫지 않을 때도 있다. 한두 번 상처 입혔던 것이 아니기에 이젠 다른 방법을 찾고 싶었다. 나 자신에게 멈추지 않고 질문을 한다. 그 질문 속에 답을 하고 나를 마주한다. 아, 나는 지금 잘 해내고 싶어 하는구나. 완벽하게 해내고 싶어 하니까 이렇게 힘들어하는구나. 일단 주어진 지금에 차근차근 해볼까? 묻는다. 아직은 나 자신에게 질문을 건네는 것도, 다독이는 것도 어색할 때가 많지만 나에게 화살을 꽂지 않고 하는 일에 용기 잃지 않고 계속 도전해 본다.

　'시간이 걸려도 마음먹은 일은 실천하고 실현하고 해내는 사람'이라는 확고한 믿음을 떠올린다. 이 모든 것이 모두 잘 해내는 이야기를 만들어 가는 데에 아주 중요하다고 생각이 드니 얕은 자신감이 조금씩 차오른다.

[힘나다]
모여서 감정을 말하는 17시

개띠랑 유니버스 팀원들과 2024년이 시작되고 매주 한 번씩, 꾸준히 하는 것이 있다. 그것은 바로 '감정 교류회'이다. 한 주 동안 어떤 감정으로 살았는지 감정 카드에서 감정을 고르며 이야기 나눈다. 그걸 들은 팀원들은 '이 감정을 선물해 주고 싶어!'라고 생각나는 감정을 나눠주며 서로 응원하고 위로한다.

"지금은 어떤 감정도 생각나지 않아요.", "이번 주는 완전히 지치다, 지치다, 더블 [지치다]였어요.", "편안하고 만족한 날들이 많았어요." 등등 다양한 감정을 만나게 되는 이 순간, 우린 모든 감정 속에서 각자의 속도로 잘 지내고 있구나, 생각한다. 감정을 느끼고 이렇게 기록하고 함께 나누는 것만으로도 풍성해진다. 정말 이게 바로 감정 교류회구나! 그 어떤 감정이든 모두 나누게 되는데 어렴풋이 알았던 서로의 생각들이나 마음의 컨디션들을 이때 비로소 정확히 알게 되고, 그것을 있는 그대로 보고 있다. 든든하다.

잔뜩 지쳤다가도 금방 회복되는 편이었다. 근데 이게 웬걸, 한동안 지친 상태에서 빠져나오기 쉽지 않을 때가 있었다. 아무것도 하고 싶지 않은 상태가 한참을 갔다. 해야 할 일이 있어도 겨우겨우 했다. 감정 교류회를 하면서도 말하고 싶었지만, 여러 걱정이 앞서 팀원들에게 두루뭉술하게 털어놓을 뿐이었다. 세상에 나쁜 감정은 없다고 이야기하는 나였지만, 좋은 에너지로 채워도 모자랄 시간에 이런 감정을 털어놔도 될까? 혹시나 부담되지 않을까? 더 잘하는 모습을 보여서 힘을 줘야 하는데 괜찮을까? 걱정이었다. 나의 어떤 모습이든 가장 응원해 주고, 있는 그대로 바라보고 기다려줄 줄 아는 사람들이라는 믿음이 있음에도 불구하고 내 감정을 그대로 말하지 못했다. 느끼고 있는 감정들을 잠시 덮어두기에 급급했다.

그들은 이 모습 또한 알아차렸다. 그리고 기다려주었다. 이 시기에 팀원들이 선물해 준 감정 카드는 이랬다. [든든! 칭찬하다], [발전되는 모습에 신기하다], [토닥토닥. 자신만만하다], [나를 먼저 챙기다], [아이 예쁘다. 칭찬 칭찬하다], [더 멋진 어른이 되어가는 당신. 그대로 충분하다], [나 자신을 조금 더 믿어보세요. 양질의 흙에 단단한 뿌리를 두고 자라면 그 어떤 이가 와도 괴롭힐 수 없습니다.], [나 자신과 잘 지내보십시오. 안아주고 아껴주고 칭찬해 보십시오. 먼저 화해를 해보세요. 용서해 주십시오], [변화는 괴로움을 동반한다고 합니다. 더욱 깊어지는 다솜 님을 늘 응원하겠습니다.]

　　마음을 열어둔다. 내 감정을 말하고, 있는 그대로 본다. 같은 길을 함께 가고 있는 사람들 또한 나를 있는 그대로 보고 있으니 큰 힘이 된다. 감정 속에 갇혔을 때는 아무것도 보이지 않고 들리지 않았다. 용기를 내어 도움을 청한다. 도움을 청하는 것이 나에게 흠이 되지 않는 것을 알게 된다. 혼자서는 풀리지 않던 일들도 함께 할 때 의외로 쉽게 해결되었다. 그렇게 서로 도우며 용기를 주고받는다. 함께 하는 든든함을 깊이 알아가는 시간이다.

두루   아하~ 그렇군요. 두 분의 이야기를 들으니 점심을

잘 챙겨먹은 것처럼 속이 든든해지는 느낌인데요!

저의 오후는 이렇습니다. 소개해드리겠습니다.

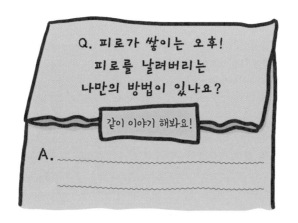

요즘은 동네 뒷산을 오르내린다. 이것이 내 삶을 얼마나 바꿔놓았는지. 마치 몰랐던 세계로의 여행처럼.

처음에는 얼마 못 가 숨이 턱까지 차올랐다. 여태 운동을 등한시했던 탓일 것이다. 체력이 떨어질 대로 떨어져 내 몸을 내 몸처럼 쓰질 못했다. 따로 노는 팔다리를 이끌고 나아가는 일이 이토록 어렵다니. 한동안은 올라가기 전부터 겁이 났다. 오늘도 해낼 수 있을까. 도중에 내려가고 싶으면 어쩌지. 올라가는 동안에도 수많은 걱정을 등에 졌다. 그렇게 꾸준하게 산을 올랐다.

요즘은 곧잘 오른다. 체력이 아주 좋아졌다는 것을 느낀다. 팔굽혀펴기를 겸하고 있어 다리의 근력을 포함해 전체적으로 근력도 늘었다. 그 까닭에 전보다는 수월하다. 이제는 두 번도 오를 수 있을 것만 같은 자신감이 생겼다. 예전 흘려들었던 그 말이 정말 맞았다. 마음의 건강은 곧 신체의 건강에서 온다고 했던가. 사실 마음이 좋지 않았을 때 팀원들이 제안했던 이 등산으로 신체의 건강과 함께 마음의 건강까지 챙기게 되었다. 신체가 건강해지니까 마음은 고맙게도 신체의 컨디션을 잘 쫓아왔다. 나도 무언갈 꾸준하게 해내고 있다는 감각이 좋았다. 무엇도 할 수 없을 것만 같던 순간, 나를 갉아먹기 시작했다. 또다시 캄캄한 동굴을 찾아 숨어들었다. 그러나 나는 또 감사한 이들의 도움을 받아 바깥을 향했다. 산을 오르고 내리며 다시 밝은 곳을 향해 나아갔다.

추운 겨울 오르기 시작한 산에는 수많은 움직임이 있었다. 꽁꽁 얼어붙은 것만 같은 내 마음과는 다르게 자연은 매 순간 나아갔다. 곧 다가올 봄을 준비하는 듯 보였다. 마치 미세한 진동이 땅을 울리는 것만 같았다. 멈춘 것은 이 세상에 오로지 나뿐이었던 것만 같았다. 나 이외의 모든 것들은 각자의 속도로 그다음을 준비하고 있었다.

산은 내게 괜찮다 말했다. 그래도 된다고 했다. 그 무엇도 요구하지 않았으며 그 어떤 것도 바라지 않는다. 그저 산은 그 자리에 있을 뿐이다. 많은 이가 찾아 와 오르고 내리기를 반복하는 동안에도 산의 시간은 그저 묵묵히 흐른다. 계절을 따라 몸을 내맡겨 많은 삶을 살게 한다. 그들에게 터전이 되어주는 든든한 존재. 어쩌면 나도 그런 사람이 되고 싶었던 것 같다. 그저 묵묵히 나의 삶을 살아가다가 혹 누군가 도움이 필요하다면 기꺼이 도울 수 있는 너른 마음을 가진 사람. 그런 사람이 될 수 없다는 좌절감이 나를 집어삼킬 때는 한없이 우울해지곤 했다. 그런 내게 산은 그래도 괜찮다고 어깨를 토닥이는 것만 같았다.

그저 있는 그대로의 모습도 좋다. 지금 이대로 그저 자연스럽게 흘러가는 이 순간이 참 좋다. 진실한 나로 살아갈 수 있음에 그저 감사하다.

[14시 - 17시]

소중한 사람들과 즐거운 일을 생산해 내는 창조의 시간. 나의 바깥에 있는 그들과 함께 나 이외의 것들을 만들어 낸다.

그들이 얼마나 소중한가에 대해 열거하자면 끝이 없을 것이다. 늘 은인이라고 생각한다. 끝없는 방황의 삶 속에서 서른을 넘어 삼십 대의 새로운 방황을 하고 있을 때 만난 이들과 함께 일하는 것이 내게는 큰 기쁨이다. 사회에서 만날 수 있는 관계 중에서 과연 나의 마음을 진심으로 터놓을 수 있는 이들이 몇이나 될까. 나이 들어가면서 이제는 더 이상 곁에는 그 누구도 남지 않았다고 느껴질 때 나타난 이 사람들은 마치 왜 그렇게 생각하느냐고 말하는 듯했다. 꼭 그런 것만은 아니라고. 삶에서 마음을 터놓을 수 있는 사람 한두 명쯤은 있을 수 있다고 기꺼이 손을 내밀어 주는 것만 같았다. 그렇게 그들은 내게 다시 살아갈 희망을 주었다.

그들과 나누는 대화라면, 함께 일하며 나누는 것은 물론이고 그 외 대부분의 대화가 늘 즐겁다. 특히 각자 개인이, 한 인간으로서 가진 세계에 관해 이야기를 나눌 때면 "내가 그동안 모은 삶에 관한 생각은 이 정도야!" 하며 신나서 재잘거린다. 태어난 이후 줄곧 쌓아 온 세월을 짧은 대화로 풀어낼 수가 있겠냐마는 그래도 최선을 다해 요약하여 설명해 본다. 대개 진지한 표정으로 이야기를 꺼내곤 하지만 또 이내 웃기도 한다. 경청해 주는 그들에게 내뱉는 나의 언어들이 매 순간 존중받는 느낌을 받기 때문인데 이 감각이 정말 좋다. 살아있음을 느낀다. 죽음을 향하는 것이 아니라 삶을 향하는 현재를 오롯이 느낄 수가 있다.

이토록 감사한 존재들에게 나는 무엇을 해줄 수 있을까. 가진 것 없는 내가 할 수 있는 거라고는 그들이 필요로 할 때에 적절한 도움을 주는 것이겠다. 그 도움이라는 것이 어떤 큰 무언가는 아닐 것이다. 그저 내가 할 수 있는 선에서 최선을 다할 뿐이다. 가령 그들이 어려움에 부닥쳤을 때 모른 체 하지 않겠다거나 그들의 힘든 마음을 한 번 더 살펴 덜 힘들 수 있도록 돕고 싶다는 것 정도이지 않을까. 누군가를 돕기에는 턱없이 부족한 내가 할 수 있는 것이라고는 이런 초라한 다짐일 것이다. 그렇기에 나는 나아가는 것을 멈출 수가 없다. 조금이라도 더 도울 수 있으려면 나 자신이 그럴 수 있는 사람이 되어야 한다. 언제라도 그럴 힘이 있어야 한다는 것이다.

나는 오늘도 그들을 돕고 싶다. 이것은 사실 나 자신을 돕는 일이다. 감사한 이들에게 감사함을 표하는 나만의 방식이자, 나 자신을 존중하는 일종의 생존 방식이다. 늘 소중한 사람들이 행복하기를 바란다. 그들의 행복을 빌어주는 일이 곧 내가 행복할 수 있는 길이라 믿는다. 내 곁의 모두가 행복했으면 좋겠다. 그들이 행복할 수 있도록 더욱 그들의 곁에 진득하게 붙어 진심으로 돕고 싶다. 오늘도 모두 행복하기를 진심으로 바란다.

[17시 - 19시]

길 위에 놓여있을 때 수많은 눈을 본다. 고된 일터에서 해방된 많은 이들의 자유를 본다. 이전에는 보지 못했던 것을 본다.

퇴근 시간에 운전하게 될 때, 꽉 막힌 도로 위를 부유하게 된다. 이곳저곳에서 울려대는 빵빵 소리에 놀라기도 한다. 작은 소리에도 곧잘 놀라곤 하는 내게 수많은 차로 가득한 이 도로 위의 모든 소리가 소음이다. 창에 비친 그들의 눈은 얼른 집에 가고 싶은 열망으로 이글거린다. 누구라도 나를 방해하면 가만두지 않을 것이라는 기세다. 혹시 사고가 나진 않을지, 혹 누군가의 짜증을 유발하지는 않을지, 의도치 않게 신호에 걸려 사거리의 중간에 서버리게 되는 건 아닌지 하는 식의 많은 걱정을 만들어 낸다. 퇴근 시간의 도로에서는 온몸의 신경이 곤두선다.

그러나 요즘은 이 공간의 수많은 자유에 대한 갈망을 느낀다. 그들을 옥죄던 답답한 공간에서 나만의 안전한 곳으로의 이동의 순간, 그들은 조금이라도 빨리 편안함을 느끼고 싶을 뿐이다. 짜증이 나는 것도, 신경이 곤두서게 되는 것도 모두 억압되어 있던 자유를 향한 강한 의지에서 비롯된 것이리라. 나 또한 그러하다. 얼른 쉬고 싶다는 생각이 온몸을 지배한다. 나만의 안전한 공간으로 얼른 몸을 던지고만 싶다. 이제야 알겠다. 이제야 보인다. 도로 위 흐르는 자유의 선율. 소음이었던 시끄러운 소리는 이제 아름다운 음악이 된다. 고된 하루의 남은 시간을 행복으로 채우고 싶은 굳은 의지가 느껴지는 모두의 합창. 이제서야 들린다.

길 위의 수많은 눈을 본다. 그들의 눈에서 하루를 본다. 그들의 하루에서 삶을 본다. 그들의 삶에서 나의 삶을 본다. 어떻게 살아야 하는지 끊임없이 고민하는 요즘은 그들 모두에게서 길을 본다. 부지런히 답을 찾고 싶어 읽던 책에서도 보지 못했던 것들을 본다. 그들의 애환이 담긴 살아있는 그들의 역사에서 오늘도 배운다. 이전에는 보지 못했던 것을 이제는 보려고 한다.

그들이 만들어내는 이 아름다운 선율을 듣고 있노라면 나도 그들처럼 나만의 소리를 찾고 싶어진다. 미숙한 내가 그들의 멋진 삶의 흔적을 쫓아 깊은 시선을 나도 조금이라도 가질 수 있다면 좋겠다.

더 듣고 싶다면?

저녁식사

개띠랑   다들 저녁 식사 하셨나요?

          여러분은 무얼 하면서 저녁 시간을 보내고 있나요?

          저녁 시간에도 여러 빵빵함이 담겨 있더라고요~

두루   잘 챙겨 먹는 걸 중요하게 생각하는

          개띠랑 님이잖아요.

          과연 저녁도 잘 챙겨 먹을지 궁금해지는데요?

개띠랑   궁금하시죠? 먼저 저의 이야기부터 들려드릴게요.

          한번 만나보겠습니다.

[저녁 식사]

집에서 작업할 때는 일찍 저녁을 먹는 편이다. 5시에 먹을 때도 있고 6시에 먹을 때도 있다. 보통 저녁은 간단하게 시리얼과 우유를 먹는데 먹고 나면 배는 부르지만, 괜히 다른 음식을 먹고 싶어질 때가 있다. 그럴 때는 저녁 시간에 맞춰 때마침 방송하는 TV 정보 프로그램 속 음식들을 보면서 아쉬운 마음을 달래본다.

TV 정보 프로그램에는 각종 맛있는 음식이 다양하게 나오다 보니, 시선을 빼앗겨 시간 가는 줄 모르고 볼 때가 있다. 빵을 좋아하다 보니 다양한 음식 중에서 빵이 나오는 영상은 더욱 자세히 보는 편이다. 방에서 작업하느라 빵을 소개하는 방송을 놓칠 때는 엄마랑 아빠가 방에 있는 나에게 빨리 나오라고 재촉하면서 추천해 주는 빵집을 메모해 둔다. TV 속에서만 보는 것이지만 그 빵집에는 어떤 빵이 있는지, 빵의 종류와 생김새, 주를 이루는 재료들을 구경하는 재미가 있다.

방송에 나왔던 빵집들을 지도 앱에 잔뜩 저장해놨다가 실제로 방문해 본 가게들도 있다. 맛있게 먹었던 빵도 있지만 생각했던 것보다 아쉬워서 속상했던 가게들도 있었다. 방송에 출연해 사람이 붐비는 곳에 갈 때는 줄까지 서서 한참 기다리다가 빵을 샀던 적도 있지만 방송으로 봤을 때 상상했던 맛과는 달라 아쉽고 속상했다. 아마도 줄을 한참 기다리면서 스멀스멀 한껏 오른 기대감 때문에 더욱 아쉬웠던 거라고 생각한다. 한편으로는 내 입맛에 아쉬운 빵집을 만나 속상하다가도 먹는 사람마다 다 입맛이 다를 테니 누군가에게는 맛있을 수도 있겠다고 생각하면 그 또한 행복하겠네! 생각해 보기로 한다.

오늘의 마지막 식사를 마치며 빵빵하게 지냈던 하루를 떠올려본다. 오늘도 좋은 사람들과 맛있는 음식, 그리고 빵과 함께해서 좋았다.

내일은 뭐 먹지?

저녁 먹으면서 하는 생각

다솜   좋은 사람들, 맛있는 음식, 그리고 빵!

             행복해지는 키워드들이 함께한 저녁이었네요.

개띠랑   다솜 님의 저녁도 알고 싶어집니다.

             저녁 시간을 어떤 빵빵함으로 채우고 있나요?

다솜   저만의 빵빵함이 담겨 있어요.

             그 빵빵함은 이렇습니다.

[망설이다]
왠지 더 맛있는 걸 먹고 싶은 18시

저녁 시간이다. 저녁 식사를 과하게 먹으면 속이 더부룩하고 불편감이 있어서 되도록 가볍게 먹으려 하고 있다. 몸에서 느끼는 불편함을 알면서도 또 이상하게 저녁엔 건하게 먹고 싶을 때가 있다. 하루를 잘 마쳤다면 맛있는 걸로 고생한 나를 보상 해주고 싶고, 속상한 일이 있다면 맛있는 걸로 위로해 주고 싶다는 마음에서 '왠지 저녁엔 더 맛있는 걸 먹고 싶어.' 생각이 출발한다.

물론 가끔은 풍성하게 먹어도 탈이 나지 않지만, 평소 저녁을 가볍게 먹다가 알차게 먹는 날에는 꼭 소화제를 먹는 것을 끝으로 몸의 불편함을 느끼며 식사를 마무리하게 된다. 그렇다면 뭘 먹을까? 그래도 왠지 더 맛있는 걸 먹고 싶은데? 이 세상에서 제일 맛있는 걸로 말이야! 아니야, 속이 가벼워지는 걸로 먹어. 또 소화제 먹고 싶어? 망설인다. 마음속에서 '맛있는 저녁'을 주제로 엄청난 토론이 펼쳐진다.

건강한 신체에 건강한 정신이 깃든다고 했던가. 그래! 오늘은 가볍게 먹기로 한다. 가볍게 먹기로 한 선택은 속이 더부룩하지 않게 한다. 속이 편안하다면 그것이 곧 편안한 마음으로 저녁 시간을 보낸다. 건강하게 먹고 나면 오늘의 나를 챙긴 느낌이라 다행이고 만족한 마음이다.

그래도 가끔, 왠지 더 맛있는 걸 먹고 싶은 저녁이면, 풍성하고 알차고 자극적인 맛으로 저녁 식사를 가득 채워, 마음의 일탈도 해본다. 맛있는 걸 먹고 행복하면 그것 하나만으로도 나에게도 필요한 빵빵한 하루는 다 채워지지 않을까.

두루   저녁을 먹는 것에도 이렇게 각자의 이야기가
      담겨 있네요. 재밌습니다.

개띠랑 그러게요. 서로의 저녁 이야기를 듣는 것만으로도
      마음이 빵빵해집니다. 두루 님 이야기까지 들으면
      마음이 더욱 빵빵해질 것 같아요!

두루   네, 좋습니다. 저의 저녁 시간 이야기도 들려드릴게요.

[19시 – 21시]

배가 고프다면 저녁을 먹는다. 그러나 배가 고프지 않다면 굳이 먹진 않는다. 무엇도 억지로 하고 싶지 않기 때문이다. 그저 자연스럽게 흘러가고 싶다.

요즘은 그리 많은 양을 먹진 않는다. 하루 종일 무언갈 먹지 않았다면 보통 저녁을 먹는다. 혼자 하루를 보낼 때면 그리 큰 에너지가 필요하진 않기 때문에 그리 많은 양을 먹지 않아도 괜찮다. 사실 이 몸을 유지하기 위해서는 많은 양의 음식을 섭취해야 할지도 모르겠다. 그러나 건강을 생각하는 요즘은 조금 적게 먹으려고 하는 편이다. 그것이 건강을 위해서도, 체중 조절에도 좋다.

혹시 먹게 된다 해도 그리 자극적인 것을 먹진 않는다. 시리얼을 먹는다거나 간단히 먹을 수 있는 간식류, 혹은 마시는 것 등으로 요기를 하기도 한다. 그러나 아주 가끔은 자극적인 게 엄청나게 먹고 싶어지기도 한다. 가령 김치찜 같은 것들. 다소 힘든 하루를 보내고 귀가를 하면 그렇다. '와, 오늘은 진짜 맛있는 거 먹고 싶다.' 하면 떠오르는 것이 바로 이 김치찜이다. 한때는 일주일에 서너 번을 시켜 먹기도 했는데 도저히 비용이 감당이 안 되어서 해 먹기도 했다. 그러나 비용이 더 들고 재료도 많이 남게 된다는 걸 깨닫고는 이내 그것도 그만두었다. 이후로는 거의 잘 먹지 않게 되었다. 건강을 생각하게 되면서 김치찜은 내게 아주 자극적인 음식 그 자체였기 때문에.

그래서 요즘은 대체 무얼 먹어야 하는지 더 고민이 된다. 혼자 사는 청년에게 이 저녁 메뉴란 도통 정하기가 어렵다. 매일 집에 들어올 때 오늘은 또 무얼 먹어야 하나 고민한다. 그러다 또 불 켜진 돈가스집을, 미소를 지으며 들어간다. 역시 맛있다. 돈가스는 언제 먹어도 맛있다. 그런데 또 매일 먹을 순 없지 않은가. 그래서 늘 이 고민을 달고 산다.

저녁 메뉴를 정하는 것 또한 자연스러울 수는 없을까. 누군가 저녁 메뉴를 정해주면 좋겠다. 적절한 영양을 섭취할 수 있도록 알맞은 메뉴를 매일매일 정해주면 얼마나 좋을까. 그럼 내가 그 메뉴에 따라 맛있는 음식을 해줄 수도 있을 텐데!! 사실 음식을 하는 건 재밌어하는 편이라 재료만 남지 않는다면 매일매일 해 먹으면 좋겠다. 귀찮긴 해도 음식을 하는 그 과정 자체가 재밌으니까. 그 언젠가 누군가와 함께 맛있는 음식을 만들고 같이 나눠 먹을 수 있다면 즐겁겠다.

Q. 여러분은 무얼 하면서
저녁 시간을 보내고 있나요?

같이 이야기 해봐요!

A.

더 듣고 싶다면?

휴식

개띠랑　바쁜 일상 속에서도 충분한 휴식이 정말 필요하다고
　　　　생각하는데요. 각자만의 시간을 바쁘게 보내고
　　　　잠시 숨을 돌리는 시간이죠. 하루를 떠올렸을 때,
　　　　이 시간이 참 중요하고 소중해서 꼭 필요한
　　　　순간이라고 생각합니다. 제 이야기를 들려 드릴게요.

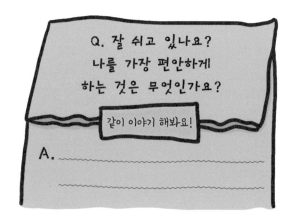

Q. 잘 쉬고 있나요?
나를 가장 편안하게
하는 것은 무엇인가요?

같이 이야기 해봐요!

A.

[휴식]

쉬는 시간을 구분하고 일하는 편이 아니라 사실 명확한 휴식 시간은 없다. 어쩌다 생긴 휴식 시간에도 무엇을 해야 할지 모르겠다는 마음이 크다. 핸드폰을 해도 무엇을 봐야 할지 모르겠고, 노래를 들어보자 싶다가도 분명 듣기 좋았던 곡인데 소음처럼 들릴 때가 있다. 책을 봐도 내용이 하나도 들어오지 않고 글자만 둥둥 떠다닐 때도 있다. 이때는 마냥 창밖을 보면서 밖에 지나가는 사람들, 움직이는 자동차 혹은 하늘을 멍하니 바라보면 마음이 차분해지면서 편안해진다.

휴식이라고 해서 딱 정해진 무언가를 해야 하는 것만은 아니다. 창밖을 본다고 지쳤던 마음이 다 괜찮아지지도 않고 에너지가 다 채워지는 것도 아니다. 그래도 그나마 내게 휴식이라고 한다면 창밖을 바라보는 것이 아닐까 생각한다.

아직은 어떻게 쉬는 게 잘 쉬는 건지 모르겠지만 바쁜 일상 속에서 내가 좋아하는 것들을 찾아보고 조금씩 해보면서 지친 마음을 잠시라도 내려놓을 수 있다면 좋겠다.

창 밖을 보면 나가고싶고,

막상 나오면 집 가고싶다..

개띠랑   다솜 님은 어때요? 휴식도 잘 하나요?

다솜   아~ 쉼이 중요하고 필요하다는 것은 잘 알지만.

         마음처럼 쉽게 되지 않더라고요. 그래도 잘 쉬는 것이

         중요하다는 것을 마음에 새기면서 지내보고 있어요.

두루   이번 이야기를 나누고 나면,

         다솜 님이 어떤 쉼을 보내고 있는지 알 수 있겠네요!

다솜   다양한 쉼의 순간에 관해서 이야기를 들려드릴게요!

[즐겁다]
일 분만 더 외치는 19시

정해놓은 일을 아직 끝내지 못할 때가 있을 땐 늦은 시각까지 일하는 편이다. 그렇다고 쭉 일만 할 수는 없을 터라 틈틈이 쉬어 간다. 집에서 작업한다면 잠깐 누워볼까, 싶어서 방바닥에 눕는다. 한번 누우면 다시 일어나서 일하기엔 아주 큰 결심이 필요하기에 특정 시간을 정해놓는다. 7시 5분까지만 쉬어야지. 순식간에 시간은 홀랑 지나가고 약속된 7시 5분이 된다. 일어나기 쉽지 않다. 방바닥은 나를 저 깊은 편안함으로 이끈다. 고민한다. 그러면 지금 7시 5분이니까 15분까지 쉬어야지. 잠깐의 휴식은 꿀처럼 달콤하게 느껴진다. 즐겁다. 달콤한 시간이 지난다. 7시 15분은 금방 찾아온다. 무거운 몸을 어떻게든 일으킨다.

잠시 멍한 상태로 있다. 이때 방바닥에서 이런 소리가 들려온다. "잠깐만 누워봐. 진짜 잠깐만. 오늘 진짜 고생했잖아. 지금 잠깐 숨 돌리는 것뿐이야! 금방 또 할 거잖아." 잠깐의 휴식보다 더 달콤한 목소리이다. 그 어떤 유혹에도 잘 이겨내고 나의 할 일을 해나가지만, 이때만큼은 정말 어렵다. 그렇다면 지금이 7시 15분이니까 진짜 마지막으로 7시 19분까지 쉬어야지. 진짜 마지막이야. 마음속 시계에 알람 설정을 해둔다. 시간이 더 빠르게 지나는 것 같다.

누구나 똑같이 돌아가는 하루 속에 왠지 잠시 '일시 정지' 버튼을 누른 느낌이 들기도 한다. 아주 잠깐의 틈이지만 이 틈에 쉬어간 힘으로 얼른 일을 마무리하고 푹 쉬어야겠다고 생각한다. 자, 이젠 진짜 일어나야겠다.

[편안하다]
생각을 씻는 20시

　시원하게 쏟아지는 물줄기 아래에 있다. 이 시간만큼은 생각하지 않고 복잡한 생각들을 씻어 내린다. 비누 거품에 여러 생각이 떠내려간다. 최대한 아무 생각하지 않으려 한다. 하루 중 생각을 덜어내는 몇 안 되는 시간이다. 이런 시간이 소중한 걸 알면서도 온전히 즐기지 못할 때가 있다.

　쌓여있는 생각을 깨끗하게 씻어냄과 동시에 좋은 아이디어가 떠오를 때, 아이디어가 훨훨 날아갈까 조마조마하다. 그래서 씻다가도 문밖으로 슬쩍 나와 욕실 앞에 두었던 핸드폰 메모장을 켜고 메모해 두거나 바르게 씻고 나와 핸드폰을 켠다. 씻고 나서 로션을 바를 때, 나를 가꾸고 아끼는 것 같아 마음이 꽤 회복되고 있는 것을 느끼는데 그 시간마저도 어딘가 모를 허전함에 핸드폰을 놓지 않고 살았다. 생각을 씻는 것에, 비우는 것에 집중하지 못했다.

생각을 비우는 것도 나를 돌보는 것 모두 뭐 하나 제대로 하지 못하니 머릿속이 오히려 뒤죽박죽 뒤엉킨 채로 씻고 나올 때가 있다. 비울 땐 비우고 채울 땐 채워보자고 마음먹는다. 핸드폰을 저 멀리에 충전 시켜두고 씻으러 간다. 핸드폰에도 나를 잠시 비워낼 시간, 충전할 시간을 준다.

생각을 씻어 내리는 이 시간에 온전히 나에게 집중하기로 한다. 아주 좋은 아이디어가 떠올라도 잠시 참는다. 로션을 바를 때도 꼼꼼하게 바르면서 나 자신을 아끼는 일에 집중한다. 이제라도 나를 아끼는 일에 소홀해지고 싶지 않아 관성처럼 지내던 행동을 멈추고 안 해본 행동들로 일상을 채운다. 낯설고 어색해도 이 습관이 쌓여 다시 나를 챙기는 힘이 생길 것으로 생각하니 한결 편안하고 만족스럽다.

[부럽다]
나에게 집중해 보는 21시

개띠랑 유니버스 도서관을 통해서 몇 개월째 나 자신에게 집중해 보고 있다. 어차피 저녁에 여러 작업을 하고 있으니, 이왕이면 더욱 집중할 수 있도록 한번 모여서 도서관처럼 운영해 보자, 싶었다. 이것이 '개띠랑 유니버스 도서관'의 시작이었다. 각자 할 일을 가져와서 온라인 화상채팅 프로그램에서 모였다. 글을 써도 되고 그림을 그려도 되고 책을 읽어도 좋고 명상을 해도 좋고 영상을 편집해도 좋다. 어떤 걸 해도 괜찮은, 개띠랑 유니버스 도서관에 매일 밤 9시마다 모인다. 하루 15분. 짧지만 알차게 집중하고 도서관은 종료된다. 짧은 시간에 집중이 되겠어? 싶었는데 놀랍게도 집중이 잘 된다. (궁금하다면 한번 참여해 보길 추천한다. 신청은 개띠랑 유니버스 공식 계정!) 훌쩍 지난 15분에 놀라우며 아쉽기까지 하다. 게다가 나를 위해 집중하는 시간을 갖는 사람들과 함께 하니 더욱 든든했다. 참여자들끼리 대화 없이 각자의 할 일을 하고 헤어지는 것이지만, 묵묵히 함께하는 이들에게 '함께 한다는 것'만으로도 힘을 받고 있다.

물론 항상 집중이 잘 되는 것은 아니었다. 컨디션에 따라 그날의 집중도는 달라지는 데 때로는 집중할 것을 가져와도 집중하지 못하고 마냥 누워있을 때가 있다. 그럴 때는 집중을 잘하는 다른 이들을 부러워하는 마음도 잠깐 드는데 지금은 쉼에 집중해야겠구나, 생각한다. 다른 참여자들이 어떤 모습으로 어떤 집중을 하고 있는지 모르면서 괜히 '나는 왜 집중을 못 하지?'라고 화살을 나에게 꽂으려고 했다. 그럴 때일수록 몸을 바닥에 더 바짝 붙이고 누워 있는 것에 집중한다. 그렇게 누워있기에 집중하고 나면 단 15분이어도 쉼에 잘 집중했다고 뿌듯하다. 나 자신에게 꽂으려는 화살은 온데간데없이 사라진다. 쉬는 것에도 집중하고 신경을 써야겠다고 생각하는 시간이었다.

[기쁘다]
'사랑해' 하는 22시

"사랑해!" 일찍 잠자리에 드는 엄마·아빠에게 사랑한다고 말씀드리고 각자의 방으로 간다. 하던 일에 집중하고 있다가 동생이 먼저 "사랑해!"를 외치는 날에는, '사랑해' 타임을 놓칠세라 얼른 외치러 달려간다. 그때마다 동생은 "질투쟁이 온다!" 외치며 서로 사랑한다고 말한다. 그걸 들은 엄마·아빠는 어색해하지만, 함께 '사랑해!'를 말하며 악수하고 오늘을 헤어진다.

처음부터 사랑한다고 말하기를 잘했던 것은 아니었다. 낯간지럽기도 하고 부끄럽기도 하고 쑥스러웠다. 그래서 "오늘도 고마워!"라는 말로 대신 하기도 했다. 언제부터 이 말로 하루를 끝냈는지 잘 기억은 안 나지만 사랑한다고 직접적으로 말한 후에 오늘을 마쳤을 때 더 큰 힘이 쌓이는 것이 느껴진다.

'사랑해'를 대체할 수 있는 나만의 언어라면 그 어떤 것이든 좋다. 사랑을 나눠줄 수 있는 사람이 곁에 있다면 꼭 한번 표현해 보기를 추천한다. 분명 더 큰 사랑이 내 안에 채워짐을 느낄 것이고 그렇게 채워진 사랑은 나를 더 든든하게 할 것이다.

[고맙다]
나를 정돈하는 23시

하루를 마무리할 때가 왔다. 일찍 자고 일찍 일어나려고 하니 이 시간이 되면 하루를 마무리한다. 오늘은 어떤 하루였는지 떠올려본다. 낮에 저마다의 길 찾아가는 민들레 홀씨를 봤던 것이 머릿속을 스쳤다. 훌훌 날아다니면서 이곳저곳을 많이 보고 여러 순간을 많이 만나고 있네, 라고 생각했다.

나는 어떤 홀씨가 되어 오늘 하루를 날아다녔는지 또 생각한다. 마주한 사람들, 순간들, 풍경들을 가만히 떠올린다. 그 어떤 순간이라도 오늘 하루를 잘 지낸 나에게 박수를 보내고 이 시간을 함께 보낸 사람들에게 고마운 마음이 가득하다.

고마움을 하나도 놓치지 않고 마음을 전해보고 나 자신에게도 오늘도 수고했다고 고마움을 남긴다. 나를 다독이는 일을 어려워하지만 잘 다독여보려는 2024년의 목표답게 나에게도 토닥토닥하며 하루를 마친다. 고생한 하루를 정돈한다. '정돈'이라는 뜻은 새삼 찾아보니 어지럽게 흩어진 것을 규모 있게 고쳐 놓거나 가지런히 바로잡아 정리함이라는 뜻인데 흩어진 여러 하루의 조각들을 마음속 서랍장에 소중히 잘 담아두며 정리한다.

그렇게 오늘을 마치고 내일로 간다.

개띠랑   여러 쉼의 순간을 보니까 왠지 저도

        푹 쉬고 싶어지는데요~ 두루 님은 어떠세요?

        이 시간은 두루 님에게 어떤 시간인가요?

두루   참 좋아하는 시간입니다.

        이 시간엔 이런 이야기를 들려드릴 수 있을 것 같아요.

나만의 공간에서 오롯이 부유하는 시간. 하루를 차분히 정리하며 다시 내일을 대비한다. 특별한 일이 없다면 집에 머무른다. 집에서 나만의 고요를 즐긴다.

따뜻한 물로 샤워를 한다. 그 적절한 온도가 있다. 아주 뜨겁지도 않고 아주 미지근하지도 않은 바로 그 따스함. 계절에 상관없이 따뜻한 물로 씻고 있노라면 어떤 의식처럼 하루를 잘 마쳤다는 안도감이 들면서 긴장이 사르르 풀린다. 하루를 충실히 산 내게 주는 보상과도 같은 시간. 오늘도 무사히 잠자리에 들 수 있다는 생각에 편안해진다.

한때는 샤워를 하지 못하고 잠에 들곤 했다. 전 직장에 다닐때는 야근을 마치고 집에 돌아와 그대로 뻗어버리곤 했다. 도저히 무언갈 할 힘이 없었다. 침대에선 도저히 잠이 오지 않아 소파에서 줄곧 잤다. 옷도 제대로 갈아입지 못하고 잠드는 날도 있었다. 아마 나는 그때 신체보다 마음이 더 병들어 있었을 것이다. 나를 챙길 여유가 없었던 나는 이 세상이 도무지 어떻게 돌아가는지 몰랐다. 회사와 집, 그 사이에 어떤 것도 존재하지 않는 다른 세계에 갇혀 정신을 차릴 수가 없었다. 정말 중요한 나에 대해 탐구할 수 없었던 시간 속에서 나를 잃어갔다.

그런 내게 이 샤워라는 것이 중요한 의미로 느껴진다. 나의 몸을 깨끗하게 유지하는 것. 하루를 마치며 잠자리에 들기 전 행하는 그 어떤 편안한 의식. 나에게 주는 보상 같은 것. 사실은 나를 챙기는 중요한 일인 것이다.

회사를 그만두고 글을 쓰고 멋진 팀원들과 함께 즐거운 일을 하고 있는 지금은 나를 챙길 여유가 생겼다. 그리 넉넉한 형편은 아니지만 나 자신을 위한 것이라면 열과 성을 다한다. 그것에 다소 비용이 들더라도 그동안 나를 위하지 못했던 때를 생각한다면 전혀 아깝지 않다. 그래서 갖고 싶은 것이 있으면 사기도 한다. 물론 엄청나게 고민을 많이 해보긴 하지만 말이다. 또 가고 싶은 곳이 있다면 가본다. 혼자도 좋고 함께도 좋다.

오늘이 이 세상에 내가 존재할 수 있는 마지막 날이라면. 아쉬움을 남기지 않기 위해서 오늘을 잘 살고 싶었다. 그래서 오늘 하고 싶은 일을 오늘 한다. 그것이 나를 위하는 일이라고 믿는다.

더 듣고 싶다면?

취침

개띠랑 하루를 빵빵하게 보내고 나서 내일을 준비하기

위해서는 잘 자는 것도 중요하다는 생각이 드는데요!

그냥 자는 것 같지만 그때도 정말 많은 이야기가

담겨 있을 거예요.

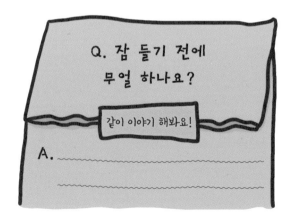

[취침]

오늘 하루를 잘 마무리하려면 잠도 잘 자야 한다고 생각한다. 그래서 특별한 일정이 없으면 일찍 자려고 하는 편인데 대체로 밤 10시에서 11시 사이에는 잠들려고 한다. 이 시간에는 침대가 제일 생각나기도 하고 빨리 눕고 싶다는 생각이 들어 하던 일을 서둘러 정리한다. 한편으로는 이때 누우면 할 일을 다 못 해서 다음 날로 미룬다는 생각에 불안한 마음이 있지만 침대에 눕는 이 순간만큼은 잠시 내려놓게 되어 마음이 제일 편안해진다.

그렇다고 누워서 바로 잠드는 건 아니다. 오늘을 보내면서 종일 일하느라 클릭하지 못했던 궁금했던 영상이나 각종 재미있고 귀여운 영상들을 보다가 잠이 드는 편이다. 물론 아무것도 안 하고 자려고 노력한다. 그런데 그 순간 여러 생각이 꼬리에 꼬리를 물고 스쳐 지나가면서 갑자기 무서워져 오히려 잠이 더 확 깨는 경우가 있다. 그래서 보통은 진짜 피곤해서 잠이 오는 날을 제

외하고는 대부분 영상을 보다가 잠드는 편이다.

어둠 속에서 핸드폰을 하면 눈 건강에 안 좋다는 이야기도 들어서 영상을 눈으로 보지 않고 귀로만 들어 보자고 생각한 적도 있다. 화면은 끄고 영상을 소리로만 들으면서 잠들려고 했지만, 그것도 얼마 지나지 않아 나도 모르게 다시 핸드폰을 보면서 잠들곤 했다.

어떨 때는 언제인지 모르게 스르륵 잠이 들지만 다양한 꿈을 꿀 때도 많다. 대부분의 꿈은 기억이 잘 안 나지만 가끔 일어나서도 생각나는 꿈이 있다. 생생하게 기억나는 것이 있다면 그 의미도 검색해 보는 편이다. 그 뜻에 너무 신경 쓰지 않으려고 하지만 그렇지 못할 때가 많다. 원래 일희일비하는 것이 인생이라지만 자면서도 생각한다는 게 참 웃기다. 오늘 밤은 빵빵한 하루를 위해 아무 걱정 없이 푹 자보기로 한다.

잠자기 전에 하는 일
1. 발을 따뜻하게 한다.

2. 손에 로션을 듬뿍 바른다.

다솜   잠을 잘 자는 것 또한 빵빵한 하루를 만들어 갈 때
         중요한 요소라고 생각해요.
         개띠랑 님의 이야기를 들으니까 나는 잘 자고 있는지,
         생각해 보게 되는데요!

개띠랑   네, 다솜 님은 어떤 취침 시간을 보내고 있는지
         궁금해요. 그 취침 시간에는 어떤 이야기가 담겨
         있을지도 궁금하고요! 다솜 님의 시간을 들려주세요~

[기대하다]
새로운 오늘을 기다리는 0시

　오늘의 끝이자 또 다른 오늘의 시작인 0시. 온 세상이 편안함으로 가득하다. 몸과 마음이 쉬기 시작한다. 하루 종일 바쁘게 움직이다 보면, 누워서 잠드는 이 시간은 이제야 비로소 온전히 쉬게 된다. 하지만 아쉽게도 눕자마자 바로 휴식이 시작되는 것은 아니다. 아, 이걸 이렇게 해야 했는데. 이건 저렇게 할 걸. 저건 왜 그렇게 말하지 못했지? 내 안의 목소리와 함께 지금 하는 일. 앞으로 해야 할 일. 그때 그렇게 해야 했던 일들이 머릿속을 둥둥 떠다닌다.

　하루를 꽉 차고 알차고 바쁘게 지내야만 '빵빵한 하루'라고 생각할 때가 많았다. 과연 오늘 그런 하루를 보냈을까? 누웠을 때 다시 일상을 생각한다. 못 한 것이 있다면 나 자신을 다그치고 재촉한다. 물론 꽉 차고 알차고 바쁘게 사는 삶이 나를 살게 하는 원동력일 때도 있었다. 이 힘이 나를 힘들게 하지 않는다면 전혀 상관이 없겠지만, 요즘 들어 마음을 무겁게 할 때가 종종 있다. 그 무게감에 오히려 나 자신이 짓눌려 꾸깃꾸깃해진다. 꾸깃꾸깃한 마음을 이 시간이 되어서야 힘겹게 펴보다가 지쳐 잠들곤 한다.

이렇게 지내고 싶지 않아서 더 이상 나 자신을 다그치지 말자고 마음먹는데도 단번에 실천으로 옮겨지지 않는다. 지금은 쉬면 안 돼. 더 달려야 해. 멈춰선 안 돼. 더 다그칠 때도 있다. 그럴수록 왠지 모르게 더 불안해진다. 이미 지나간 오늘에 미련을 갖고 쉽사리 잠에 들지 못한다. 복잡해진 머릿속과는 다르게 눈꺼풀은 무겁고 몸은 축 늘어진다. 어쩌겠는가. 오늘 다 하지 못했다면 앞으로 새로 시작될 오늘의 다음을 믿고 폭신한 이불 안으로 들어간다. 종종거리면서 살아갈 수는 없으니 '이때만큼은 쉬어야지.' 하고 눈을 질끈 감는다.

그렇게 새롭게 시작될 오늘을 기다린다.

[조마조마하다]
왜 이리 잠 못 드는지 1시

대체로 이 시간에는 잠을 자면서 편안함을 한껏 느끼고 있을 시간이지만, 아주 가끔 잠이 오지 않는 1시를 맞이할 때가 있다. 왜 이리 잠들지 못하는지 불안하다. 다가올 오늘에 해야 할 일들이 더욱 선명하게 머릿속을 헤집어 놓는다. 조마조마하다. 특히 장시간 운전을 해야 할 일이 있다면 더욱 괴롭다.

10분 안에 잠드는 꿀잠 수면 영상, 2분 만에 잠드는 신기한 수면법 영상, 숙면이 필요할 때 보는 다큐멘터리 영상을 본다. 소용없다. 뒤척인다. 잠에 잘 드는 자세로 누워 봐도 어림없다. 더 또렷해진다. 왜 잠들지 않는지 이유를 찾는다. 늦은 오후에 커피를 마셔서 그랬을까? 몸이 덜 피곤한가? 운동을 더 할 걸 그랬나? 잠깐 졸았던 것이 영향을 끼쳤을까? 걱정이 많아서 그럴까? 지금 잠들지 않으면 이따 더 피곤하겠지? 잠에 들지 못하는 이유는 수백, 수천 개가 되겠지만 이유를 찾으려 하니 머릿속만 복잡하다. 멈추지 않는 물음표 사이로 조마조마한 감정이 마음에 가득하다.

　차라리 그동안 보지 못했던 드라마를 이 시간에 정주행해 보자는 생각에 1화를 클릭한다. 미루어 둔 드라마를 보기 시작했다는 것은 이다음 날은 그 어디에서도 빵빵한 하루를 찾아볼 수 없다는 것을 뜻한다. 피곤함이 깊어지는 밤이다.

[걱정되다]
뜬 눈으로 맞이하는 2시

벌써 2시다. 아직도 뜬눈으로 지새우고 있는 2시라면 걱정되는 마음이 앞선다. 정주행을 시작한 드라마는 빠르게 다음 화로 넘어가고 있다. 자칫하면 마지막 화까지 다 볼 수 있겠다고 생각한다. 자주는 아니지만 한 번씩 이렇게 뜬눈으로 밤을 지낼 때마다 당황스럽기까지 하다.

졸리지만 잠이 오지 않는 아주 무거운 눈꺼풀 위로 여러 감정이 쌓여간다. 걱정, 불안, 괴로움, 슬픔, 답답함, 막막함 등등 촘촘하게 쌓여가는 감정에 눈꺼풀의 무게는 점점 더 무거워진다. 그래도 잠이 오지 않는다. 이제는 진짜 자야겠다는 생각에 깜깜한 방 안 유일하게 빛이 나는 핸드폰을 뒤집어 놓고 눈을 감는다.

적막하다. 이 시간에 보내는 적막함과 조용함은 나를 불편하게 한다. 떠오르는 불편한 생각들을 온전히 마주한다. 그것이 더 잠 못 들게 하는 건 아닐지 생각하지만, 이유가 있으니 이 생각도 지금 찾아온 거라고 다시 생각해 본다. 눈을 감는다. 그렇게 시간 이 흐르고 있다.

[막막하다]
꿈속에서 헤매는 3시

꿈을 자주 꾼다. 이 시간엔 꿈속에서 아주 바쁘게 다니고 있을 때이다. 매번 정확하고 생생하게 꿈이 생각나는 것은 아니지만 어렴풋이 기억나는 꿈들은 여러 가지가 있다. 무언가에 쫓기며 무서움을 한껏 느끼는 꿈을 꿀 때도 있고, 방송작가로 일하던 때로 돌아가 촬영 현장을 바쁘게 뛰어다닐 때도 있고, 연예인이 나올 때도 있고, 지금 하는 일에 대해 어딘가에서 소개하고 있을 때도 있다. 북페어에 나가 책을 선보이고 있을 때도 있다. 책이 잘 팔려서 "감사합니다."를 수없이 외치는 꿈일 때는 잠꼬대로 감사 인사를 뱉기도 한다. 돌아가신 할머니가 편안히 잘 계시는 걸 볼 때도 있다. 뒤척인다.

짙은 어둠이 깔린 꿈속에서 헤맬 때처럼 지금 살고 있는 삶이 때로는 어둡고 갑갑할 때가 있다. 깊은 터널 안에 들어와 있는 것처럼 말이다. 하고 싶은 걸 하면서 살고 있어서 매번 즐겁고 재밌는 것과는 별개였다. 언젠가 반드시 이 터널에서 벗어날 것을 알고 있지만 당장 지금은 지치곤 했다.

요즘 고민이 있는지 묻는 주변 분들의 질문에 고민을 이야기할까 말까 망설이다가 컴컴한 터널을 지나고 있는 느낌이라고 말한 적이 있다. 그 말을 듣고 이렇게 이야기 해주신 분들이 있었다. "터널이라는 것은 큰 산을 뚫어 더 쉽고 빠르게 목적지로 갈 수 있도록 만든 것이라서 터널을 지나고 있는 느낌이 들었다면 어쩌면 지름길로 잘 가고 있다고 할 수 있겠죠." 전혀 생각지도 못했던 것이라 놀랐다. 이 말을 듣고 나니 그것만으로도 고민했던 마음에서 살짝 환기되었다.

아직은 희미하게 보이는 터널 밖의 빛이지만, 다행히 그 빛을 향해 앞으로 갈 힘이 남아있어서 천천히, 아주 천천히 한 걸음씩 움직인다. 지쳤다면 잠시 지쳐도 보고 헤매고 있다면 한참을 헤매기로 한다.

[두근거리다]
당신의 목소리가 들리는 4시

본가에 부모님과 함께 살고 있는 지금. 나의 생활 패턴 속에 부모님의 생활 패턴이 스며들 때가 있다. 일찍 자고 일찍 일어나는 패턴으로 생활하는 부모님의 기상 시간은 4시이다. 보통은 깊게 잠들어 거실에서 들리는 4시쯤의 소리가 잘 들리지 않는데, 가끔 이른 아침부터 들리는 소리가 갑자기 훅 들리며 귀 기울일 때가 있다. 엄마·아빠만 있을 때 어떤 이야기 하는지 호기심이 가득하다. 그들의 목소리를 가만 듣게 된다. 마치 부부들이 나오는 TV 예능 프로그램 중 스튜디오에서 부부의 생활을 관찰하는 MC 같다는 상상을 해본다.

아침 식사를 준비한 밥솥 소리가 들린다. 반찬을 준비하는 칼질 소리, 계란 물을 휘휘 젓는 소리가 들린다. 달그락하며 식기를 준비하고 밥을 먹는다. 다방면의 주제로 이야기가 나온다. 밤

사이 있었던 정치, 사회, 경제, 연예계 이야기부터 어디가 아프진 않은지 서로의 건강을 살피기도 하고 오늘은 무엇을 하고 지내는지, 장 보러 갈 것은 없는지 등등 이야기 주제는 넓고 다양하다. 그중에서 가장 귀를 쫑긋하게 만드는 이야기는 나와 동생의 이야기이다.

딸들이 어떻게 살고 있는지, 오늘은 뭐하고 지내는지, 지금 하는 일은 제대로 하고 있는지 이야기 나눈다. 잠결인데도 재밌고 두근거린다. 어떤 이야기가 나올까? 나에 대해서, 하는 일에 대해서 어떤 의견일지 궁금해진다. 막상 들어보면 특정 평가나 편견을 두고 이야기 하지 않는다. 잘 다니던 방송국을 그만두고, 책을 만들고 각종 콘텐츠를 만들어 전국 각지를 다니며 여기저기 알리고 있는 딸들에 대해서 있는 그대로 바라보고 잘하고 있다고 응원하는 말소리가 들린다. 묵묵히 믿어주고 기다리고 응원하면서 비로소 그들의 일상을 시작한다. 신기하고도 감사하다.

당신의 목소리가 들리는 4시. 평소보다 오히려 한결 더 편안해진 마음으로 조금 더 잠을 청해본다.

두루   취침 시간에도 다양한 이야기가 있으시군요!

      시간마다 촘촘하게 나누어진 이야기를 듣는 것도

      참 흥미롭네요.

다솜   두루 님은 평소에 잘 주무시는 편인가요?

      깊어지는 밤은 두루 님에게 어떤 시간인가요?

두루   저에게 있어서 이 시간은 생각이 많아지는 밤인데요.

      저는 이런 이야기를 들려 드릴 수 있을 것 같아요.

[0시 – 2시]

고통의 시간. 내게는 다소 마음을 잘 다스릴 필요가 있는 시간이라고 할 수 있겠다. 자고 싶어 몸부림을 치면 칠수록 더 잠들수가 없는 수렁에 빠지고 만다. 아침 일찍 일어나 준비해야만 하는 중요한 일정이 있는 날은 더더욱 괴롭다. 자야만 한다는 생각이 더 깊은 잠에 빠질 수 없게 자꾸 의식을 침대 밖으로 밀어낸다.

다음 날 중요한 일정이 있을 때는 보통 자정이 되면 잠에 들어보려고 노력한다. 최대한 저녁을 일찍, 가볍게 먹고는 차분하게 마음을 정돈한다. 온갖 자극적인 요소(?)가 가득한 집이지만 많은 유혹을 뿌리치고는 차분하게 잠자리에 든다. 평소보다는 이른 자정에 침대에 몸을 뉘는 날에는 잠과의 사투가 시작된다. 너무 자고 싶으면 오히려 잠이 오지 않는 역설적인 상황 속에서 고군분투하며 쉽게 놓지 못하는 오늘을 붙잡고 다가올 내일의 걱정을 끌고 와 침대 옆에 둔다. 특히 오늘처럼 중요한 날을 앞둔 밤에는 머릿속에 오가는 생각을 따라가느라 눈알이 굴러가는 소리가 들릴 정도로 요란스럽다. 굳게 닫은 창을 뚫고 들려오는 오토바이 소리는 천둥소리와도 같고 괜히 따라서 잠에 들지 않는 사랑스러운 고양이의 움직임도 크게 느껴진다. 그렇지 않아도 예민한 사람에게 이 시간은 예민에 기름을 부어 불을 활활 타게 하는 것이다.

그래도 2시 전에 잠에 들면 성공이다. 그러나 2시를 넘어가면 슬슬 불안해지기 시작한다. 이대로 잠들지 못 하면 어떡하지, 내일을 버틸 체력이 벌써 걱정되기 시작한다. 이대로 잠들지 못 하면 이제는 선택을 해야 한다. 아예 잠을 자지 않고 버텨야 할 것인지 끝까지 잠을 청할 것인지 말이다. 이것 또한 어릴 적에는 하루 정도는 절대적인 양의 잠을 채우지 않더라도 생활할 수 있었지만 서른의 중반인 지금, 뜬눈으로 밤을 지새운 날에는 영 힘을 쓸수가 없다. 거의 육신만이 움직이는, 의식은 눈을 감고 자고 있는 상황이 된다. 그런 내일의 내 모습을 잘 알기에 자정과 2시경 사이, 조용하고 은밀한 사투를 벌인다. 나만 아는 고독하지만 치열하게 육신을 쉬게 해야만 한다는 사명을 갖고 베개에 얼굴을 묻는다.

한때는 이 시간을 가장 좋아하기도 했다. 더욱 정신이 맑아지면서 하루 동안 머릿속을 맴돌던 온갖 잡동사니와 같은 생각들이 차근차근 정리가 되는 기분이 들었다. 나는 새벽형 인간이 분명했다. 낮은 내게 너무 소란스러웠다. 많은 사람과 나눈 이야기 속에서 도통 나만의 생각을 오롯이 정리할 수가 없었다. 이것저것 신경 써야 할 것투성이인 낮 동안에는 온전히 나를 탐구할 수가 없었다. 그렇기에 내게는 철저히 혼자일 수 있는 새벽 시간이 소중했다. 그 누구도 방해할 수 없는 나만의 시공간을 나는 사랑할 수밖에. 글을 쓰거나 영화를 본다거나 혼자 멍때릴 수 있는, 때로는 사색에 잠겨 울기도 하는 그런 새벽을 즐겼다.

[2시 - 9시]

보통이라면 눈을 감고 잠들어 있는 시간. 오늘을 고이 접어 보내주며 육체와 정신을 쉬게 하여 내일을 대비한다.

대게 이때는 기억에 없다. 꿈을 꾸더라도 그 내용이 잘 떠오르지 않는다. 눈을 감았다 뜨면 어느새 밝은 해가 창 사이로 든다. 캄캄했던 방이었는데 일순간 밝아진다. 잠의 질에 따라 육체의 컨디션이 결정된다. 어느 날은 잠의 양이 절대적으로 부족했음에도 개운함이 느껴지기도 하고 또 어느 날은 잠의 양이 차고 넘쳤음에도 어딘가 얻어맞은 것처럼 온몸이 아프기도 하다. 그렇게 하루의 향방이 결정되기도 한다.

잠의 질에 차이가 있는 것에는 여러 이유가 있겠지만. 먼저 떠오르는 것이 잠에 들기 전의 하루를 어떻게 보냈나 하는 것이겠다. 온전히 보낸 하루의 끝에서 떠난 꿈나라에서는 대게 행복이 가득했던 것 같다. 만났던 사람들, 나누었던 이야기, 마주한 풍경, 따스했던 분위기와 같은 것들이 둥둥 떠다니며 자는 동안 포근한 이불처럼 나를 감싸준다. 그러나 다소 거칠고 스트레스 가득한 하루의 끝에서는 잠에 들기가 퍽 어려웠을뿐더러 잠에 들고도 괴로웠던 것 같다. 듣기도 괴로운 말들, 괴팍한 표정, 귀를 괴롭히는 소음, 무서운 분위기와 그곳에 놓인 나를 껴안고 잠에 든 날은 자는 동안에도 편하지 못했을 것이다.

이렇게 오늘을 잘 보내는 것이 내게는 중요한 것이다. 예쁜 것들을 가득 보고 좋은 향기를 맡으며 좋은 이야기를 나누는 일상. 이것이 꽤 어려운 일이 되어버린 삶의 가운데에서도 기어코 지나치지 않고 끌어내 한 아름 안아보는 것이 하루의 끝, 그리고 내일의 시작을 위해 필연적인 것이 되었다. 그렇기에 더욱 사랑하는 것들을 끌어안으려 한다. 삶에서 이미 놓쳐버린, 사랑받아 마땅했던 수없이 많은 것들은 이미 지나갔다. 그때의 내가 보지 못했던 소중한 존재들은 이미 내 곁에는 없다. 그럴수록 더욱 오늘의 사랑하는 것들을 보고 만지고 맡고 느껴야만 한다. 그것이 곧 오늘을 잘 살아가는 일이다.

　더욱 곁의 모든 것들을 사랑하고 싶다. 오늘 잠에 들기 전 하루를 떠올리며 괴롭고 탁한 것들이 사랑 속에서 희미해지기를 바란다. 부디 오늘 하루의 끝에 떠나는 여행은 아득히 저 먼 곳으로 향하는 동안 아름다운 풍경이 가득하기를.

개미랑 하루를 어떻게 보내는지 평소엔 잘 생각해 본 적이 없었는데 나의 하루를 천천히 살펴보면서 정리해서 이야기 나눠보니 참 새로웠습니다. 이 글을 읽는 여러분은 어떠셨나요? 소감을 한번 나눠볼게요. 저부터 말씀드려보겠습니다.

빵집을 방문할 때마다 자주 보는 문구가 있습니다.

'당일 생산, 당일 판매'

신선한 재료를 사용해 당일 만든 빵을 고객에게 당일에 판매하는 것이지요. '당일 생산'을 하기 위해서는 사전에 어떤 빵을 만들지 계획을 세우고 반죽을 미리 만들어놓더라고요. 내일의 하루가 어떻게 흘러갈지 구체적으로 계획할 수는 없지만 어떤 하루가 나를 빵빵하게 만들지 내일을 준비해 봅니다. 마치 밀가루 반죽을 미리 준비해 놓듯 말이죠. 그러고는 속 재료도 차근차근히 준비합니다.

천천히 나만의 속도로 만들어가는 나만의 빵빵한 하루.

그렇게 정성스럽게 준비한 재료들로 나에게도 필요한 빵빵한 하루를 만들어 가보고 싶습니다. 마치 빵빵한 빵을 만드는 것처럼요.

다솜 빵빵한 하루에 대해 실컷 이야기해 볼 수 있어서
더욱 의미 있는 시간이었는데요! 소감을 말해보자면
이렇게 들려드릴 수 있을 것 같아요.

어떤 하루를 보내는지, 그 하루 속에 나는 어떤 감정을
느끼는지, 그 감정은 나를 빵빵하게 하는지, 빵빵함이
잠시 보이지 않는다면 그건 언제인지. 빵빵함을 잃었다
면 어떻게 다시 회복하는지 등등 여러 순간을 마주했
습니다.

살면서 내가 쓰고 있는 시간을 촘촘하게 나누어 보고,
그 시간을 한참 바라본 적은 없었던 것 같아요. 소중한
시간을 돌아보고 나니 그 어떤 시간도 귀하지 않은 시
간이 없다는 것을 새삼 느낍니다. 때로는 괴롭게 느껴

지는 시간일지라도 이 또한 나에게 꼭 필요한 시간이었구나, 생각합니다. 모든 감정과 함께한 이 시간은 '나에게도 빵빵한 하루가 언제나 필요하다는 것'을 말해주고 있을 겁니다.

몸과 마음을 바쁘게 움직이면서 알차게 꽉 채워야 빵빵한 것으로 생각할 때가 많았는데요. 빵빵한 하루를 돌아보고 나니 꽉 채우지 않아도 그 또한 빵빵해질 수 있는 시간이라는 것을 알게 되었어요. 채우고 비우고 또다시 채우며 빵빵한 하루를 만들어가고 있다는 것도 알게 되었고요! 앞으로 만들어갈 빵빵한 하루 속에 나 자신에게 지금은 어떤 감정인지 자주 묻고 답해보려고 합니다. 참 쉽지 않지만, 나의 속도로 차근차근히 해나가려고요! 혼자 그리고 함께 해보려고 합니다. 빵빵한 하루 속에 여러분과 이렇게 만난 것처럼요!

두루　　여러분과 같이 이야기할 수 있어서

감사한 시간이었습니다. 하루를 돌아보면서

다시 나를 이해할 수 있었던 좋은 시간이었네요.

제 소감도 함께 나눠볼게요.

삶은 흐른다. 아주 오래전 기억이 선명할 적부터 지금에 이르기까지 수없이 많은 오늘이 흘렀다. 한때는 구태여 매몰차게 빨리 떠나가는 시간을 잡고 싶었던 시절도 있었다. 그러나 이제는 그러지 않는다. 그저 흘러가는 오늘을 저 높은 하늘 유유히 흐르는 구름을 바라보듯 한다. 아무리 애써도 잡히지 않는 것을, 손을 휘저어 본다고 한들 소용없다는 걸 잘 알기 때문에. 그저 오늘을 잘 보내주며 무사히 밤에 이르렀음에 안도하고 다시 내일을 향할 수 있음에 감사하는 것. 이제는 흐르는 삶에 몸을 맡겨 잘 흘러가고 싶은 마음이다.

오늘도 무사히 도착한 밤에 감사하며 하루를 기록해 남긴다. 매 순간 빵빵한 일들만 있을 수는 없음을 잘 알고 있다. 그럼에도 내게는 꼭 필요한 의미가 가득한 순간들을 모았다. 글을 읽으며 당신의 하루를 천천히 음미하기를 바라며.

나에게도 빵빵한 하루가 필요해!!

에필로그

이 글을 모으며 팀원들과 여러 가지 이야기를 나누었어요. 각자 같은 시간을 부여받고 살아가지만, 모두에게 그 의미는 달랐다는 것을 알게 되면서 더욱 즐겁게 작업할 수 있었습니다. 누군가는 하루를 촘촘하게 나누어 살아가는 동안 또 누군가는 두루뭉술하게 하루를 천천히 보내기도 하며 또 누군가에게는 그 시간이라는 개념보다는 나를 중심으로 하루를 꾸리기도 했어요. 세 명의 소중하고 다채로운 오늘이 모여 비로소 〈나에게도 빵빵한 하루가 필요해〉 책을 완성할 수 있었습니다.

우리의 이야기는 팟캐스트를 통해 계속될 거예요. 이 책을 읽고 우리의 이야기가 더욱 궁금하시다면 〈나에게도 빵빵한 하루가 필요해〉 팟캐스트를 통해 함께 하실 수 있습니다. 유튜브, 스포티파이, 애플 팟캐스트, 팟빵을 통해 송출되고 있어요. 아래 QR을 통해서도 들으실 수 있으니 편히 놀러 오세요!

당신의 모든 하루를 응원합니다.
당신의 하루도 빵빵하기를 바라며.

개띠랑 유니버스 드림.

더 듣고 싶다면?

나에게도 빵빵한 하루가 필요해!

초판 1쇄 발행 2024년 6월 26일

지은이	개띠랑 이다솜 두루
디자인	개띠랑 이다솜 두루
펴낸곳	개띠랑
출판등록	2022년 9월 14일

인스타   @gaeddirangverse
유튜브   개띠랑 유니버스 gaeddirangverse
이메일   gaeddirang085@naver.com

ⓒ 개띠랑 / 2024
ISBN 979-11-980169-8-0(02800)

화성시 화성시문화재단

'본 출판물은 화성시, 화성시문화재단의 〈2024 화성예술지원〉 사업의 지원을 통해 제작되었습니다.'